Petra Roloff

..und alles ganz normal

Roman

© 2012 Petra Roloff

Herstellung und Verlag:
BoD – Books on Demand, Norderstedt

ISBN 9783848225620

Umschlaggestaltung, Satz und Layout: Petra Roloff
Umschlagfotos: Ligurien © Petra Roloff

Bibliografische Information
der Deutschen Nationalbibliothek :
Die Deutsche Nationalbibliothek verzeichnet diese
Publikation in der Deutschen Nationalbibliografie; de-
taillierte bibliografische Daten sind im Internet über
www.dnb.de abrufbar.

Buch Eins

Fianna trat in ihre Hütte ein. Der Duft von Salbei und Thymian stieg ihr in die Nase. Sie hatte die Kräuter heute Morgen bei Sonnenaufgang geschnitten. Es wurde Zeit, die Kräuterelixiere anzusetzen. Am kommenden Wochenende war wieder Markt in Coldawn, dem kleinen Nachbardorf, und sie würde sie dort verkaufen. Sie trat an den großen Esstisch, den sie auch als Arbeitstisch benutzte. Sie strich nachdenklich über die Platte. Das Ahornholz war vom vielen Scheuern dünner geworden und sie konnte die Astaugen spüren, doch die Oberfläche war samtig weich. Sie setzte sich auf die Bank in der Ecke beim Ofen, dessen Kacheln jetzt im Sommer eine angenehme Kühle abgaben und zog die Beine hoch. Oben am Waldrand hatte sie einen Mann gesehen, der sie stark an Sean erinnerte und sie brauchte eine kleine Weile, um ihren Herzschlag zu beruhigen. Nein, es machte ihr nichts mehr aus. Aber dennoch spürte sie den kleinen Stich. Die Erinnerung war da, aber er gehörte nicht mehr wirklich zu ihr. Nicht zu der Fianna, die jetzt am Ofen saß. Sie lächelte und schüttelte sich wie eine Katze, die aus dem Regen kommt. Sie wusste, dass die Zeit vorbei war, in der sie solche Gefühle ernsthaft aus der Bahn werfen konnten, und das war gut so.

Seit drei Jahren wohnte Fianna jetzt hier, ganz allein in dem kleinen Blockhaus, das vor über hundert Jahren von einem Schamanen gebaut worden war. Es war einfach und sehr gemütlich. Es schmiegte sich an einen kleinen Hang, der mit wilden Büschen bewachsen war und zu einem Hügel führte. Vor dem Haus breiteten sich baumbestandene Wiesen aus und sie hatte einen schönen Blick in das Tal, das heute mit Dunstschleiern überzogen war. Die ersten Herbstboten, dachte sie. Sie liebte diese Landschaft und verbrachte viel Zeit damit, den Atem der Natur in sich aufzunehmen und ihren Rhythmus zu erfahren. Lange wollte sie sich nicht Zeit nehmen, über die alten Geschichten nachzudenken, denn sie hatte wirklich viel zu erledigen heute. Die Elixiere war das Eine. Außerdem würde sie noch die Brote backen. Sie hatte im Garten hinter dem Haus einen Lehmofen errichtet. Unten im Tal am Fluss gab es einen guten Lehmboden und sie war wirklich stolz, dass es ihr gelungen war, diesen Ofen zu bauen ganz ohne fremde Hilfe. Und nein, er war nicht geborsten. Und das in ihm gebackene Brot war einfach himmlisch! Sie probierte immer mehr aus. Sie buk Brot mit verschiedenen Kräutern, mit Nüssen oder auch Beeren, mit Ziegenkäse oder Gemüsefüllungen. Und die Dorfbewohner standen schon früh in kleinen Trauben auf der Straße vor ihrem Stand, noch bevor sie geöffnet hatten, um auch sicher ihre Lieblingssorte noch zu ergattern. Fianna atmete tief durch. Ja, sie hatte es geschafft. In diesem Jahr würde es ihr gelingen, aus ihrer Selbstversorgung und ihrem Handel, aber auch über die Einnahmen aus Heilbehandlungen und Beratungen ihren kompletten Lebensunterhalt eigenständig zu bestreiten. Zu Anfang war es nur eine fixe Idee gewesen, ein Versuchsprojekt. Oder eine Verzweiflungstat? Nein, nein. Es war mehr, gestand sie sich. Die Zeit war reif und sie hat sich getraut, diese Gelegenheit zu pflücken und sie weiter zu entwickeln. Es hat viel Mut gebraucht, aber letztendlich hat sie den Schritt gewagt und die Sache durchgezogen. „Nichts ist mächtiger als eine Idee, deren Zeit gekommen ist". Dieses Sprichwort trug sie schon lange mit sich rum. Nun hatte es für sie eine Bedeutung bekommen.

Fianna stand auf und begann, das Feuer im Herd zu schüren. Sie legte ein paar Scheite Birkenholz auf, das sie vorhin in einem Korb mit hineingebracht hatte. Es hatte nicht viel geregnet in diesem Jahr und so war es schön trocken und rauchte nicht. Sie stellte einen großen Eisentopf auf die Herdplatte und goss Wasser hinein. Sie wusch den Thymian und eine Handvoll Salbei in einer großen Seihe, gab es in den Topf und rührte es vorsichtig ein. Sie hatte dieses Mal den Zitronen-Thymian gewählt, den sie heuer zum ersten Mal angebaut hatte und sie war gespannt, welches Aroma das Elixier haben würde. Thymian wirkte wunderbar bei Husten und der Salbei legte einen wohltuenden Film über die gereizten Schleimhäute. Die Dorffrauen legten sich schon jetzt einen Vorrat davon an, denn die Winter hier waren hart und eine unbehandelte Bronchitis konnte sich monatelang hinziehen. Die Männer arbeiten auf den Feldern oder im nahegelegenen Steinbruch. Sie jagten oder trieben Viehzucht. Es war wichtig, dass sie gesund blieben und die Familie ernähren konnten. Und auch um ihre Kinder fürchteten die Frauen. Viel hatten die Familien nicht zum Leben und die Kinder waren in den kalten Jahreszeiten nicht immer ausreichend warm gekleidet. Zwar wuchsen sie in der Natur und auf den Farmen auf und waren sehr robust. Dennoch schwächten die langen Winter und die kargen Mahlzeiten gepaart mit der unzureichenden Kleidung das Immunsystem der

Kleinen und so waren langwierige und manchmal auch bedrohliche Erkältungskrankheiten nichts Ungewöhnliches. Anfangs wollten ihr die Dörfler nicht vertrauen, wenn sie mit ihren Heilangeboten kam. Aber es blieb ihnen nicht verborgen, dass Fianna sommers wie winters gesund und frisch aussah. Dazu war sie sehr herzlich und hilfsbereit und dass erweichte nach und nach das Herz der Dorfbewohner.

Fianna lächelte. Als der halbwüchsige Ian letzten Sommer bei ihr im Holzschuppen auftauchte um die neugeborenen Kätzchen zu suchen hatte er ihr gestanden, dass seine Mutter ihn noch mit einem kleinen Zusatzauftrag bedacht hatte. Er solle doch mal schauen, welche Pflanzen die Kräuterfrau so gesammelt und zum Trocknen aufgehängt habe. Fianna hatte ihn zugegebenermaßen ein wenig bestochen, da er nicht gleich damit rausrücken wollte was er da zuvor an dem Rankgitter unter ihrem Küchenfenster zu suchen gehabt habe. Als sie ihm allerdings den kleinen roten Kater in Aussicht stellte, gab er seine Zurückhaltung auf. Dann war da noch die Geschichte mit der alten Elizabeth, der sie bei ihrer Gicht geholfen hatte. Die kleine runzelige Greisin hatte ihren eigenen Kopf und wollte nicht in Kauf nehmen, dass sie immer unbeweglicher wurde. Ihr Sohn war Arzt im fernen Kingstown und hatte ihr bei seinem letzten Besuch ein neuartiges Medikament gespritzt. Das Universitätshospital in Kingstown war bekannt für seine fortschrittliche medizinische Forschung und Kenneth Goldman pflegte gute Kontakte zur Universität. Fianna hatte ihn einmal kennengelernt. Er war ein ehrgeiziger junger Arzt, der sich wie viele der neueren Generation mehr auf die Allopathie als auf die Heilmethoden aus der Natur stützte. Elisabeths Schmerzen hatten sich allerdings nicht gebessert und so stand sie eines Morgens vor der Tür. Sie mochten sich gleich von Anfang an und Fianna zeigte Elizabeth ihren Heilpflanzengarten und diese erzählte ihr einige der alten Geschichten. Die Alte hatte schon damals Kontakt zu Yuri gehabt, dem Schamanen, in dessen Haus sie jetzt lebte. Er war vor gut zwanzig Jahren über hundertjährig gestorben. Fianna gab Elizabeth ein Präparat aus der Herbstzeitlose, das bei akuten Gichtanfällen gute Wirkung zeigt. Vor allem aber sprach sie mit ihr über den Einfluss ihrer Ernährung auf die Krankheit. Elizabeth hatte Zeit ihres Lebens Enten und Gänse gezüchtet und von deren Erlös gelebt. Und so bestand auch ihr Speiseplan vorwiegend aus dem Fleisch ihrer Tiere. Fianna empfahl ihr, mehr Gemüse und Obst zu sich zu nehmen, vor allem Bohnen und Erbsen. Die Greisin konnte das Gemüse auf dem Markt erwerben und Fianna gab ihr Tipps für die Zubereitung. Der Erfolg gab ihr Recht. Elizabeth ging es von Woche zu Woche besser.

Das Wasser hatte zu kochen begonnen und Fianna gab Honig hinzu und ließ die Flüssigkeit im offenen Topf langsam einkochen. Während dessen ging sie nach draußen um die Flaschen zu holen, die sie im Schuppen aufbewahrte. Die Sonne hatte ihren Zenit überschritten und sandte ihre bläulichen Strahlen über das Tal. Auf dem Weg unten am Hang, der auf der einen Seite zum Dorf führte und auf der anderen an dem Sheldon Forest entlang lief und an der Gabelung auf die Landstraße nach der Kleinstadt Sheldon traf, wurde eine Person sichtbar. Es war ein Mann und er kam von der Sheldon-Seite auf Fiannas Haus zu. Sie stellte den Weidenkorb, in dem sie die Flaschen transportieren wollte, auf die Bank vor dem Haus und verschattete ihre Augen, damit sie den Herankommenden besser sehen konnte. Es war Seamus, ein junger Bauer aus der Nachbarschaft. Er bewirtschaftete einen Aussiedlerhof auf der anderen Seite des Waldes in einer kleinen Niederung. Seamus züchtete Rinder und baute Getreide an. Seine Frau Lilian und seine drei Kinder kamen häufig vorbei um sich an der unerschöpflichen Menge von Brombeeren zu laben, die um diese Jahreszeit am Hang heranreiften. Seamus ging zügig, fast ein wenig hastig, so dass sich Fianna entschloss erst einmal hineinzugehen und den Topf vom Feuer zu nehmen. Wenn Seamus ein Problem am Hof hatte, würde sie ein paar Stunden weg sein. Sie ging ihm auf dem kleinen Wiesenpfad den Hang hinunter entgegen. Seamus grüßte sie etwas fahrig und kam direkt zur Sache.

„Bella liegt seit Stunden im Stroh und hat Probleme, ihr Kalb herauszupressen!" sagte er atemlos. „Lilian und ich haben versucht ihr zu helfen, aber das Kalb liegt scheinbar nicht richtig. Es ist bis jetzt nur ein Fuß zu sehen, seit Stunden geht es nicht weiter und die Kuh quält sich furchtbar!"

Fianna wurde blass. Sie war weder eine Hebamme noch eine Tierärztin. Und doch: die Tatsache, dass Seamus sie in so einer brenzligen Angelegenheit aufsuchte, zeigte, welche Fähigkeiten die Landbevölkerung ihr mittlerweile zutrauten. Ein warmes Gefühl durchströmte sie und sie dankte Seamus für sein Vertrauen.

„Ich weiß nicht ob ich Euch wirklich helfen kann" erwiderte sie, „aber ich werde mit dir kommen und es versuchen. Setz Dich einen

Moment auf die Bank und trink einen Schluck Wasser, du musst dich einen Moment ausruhen."

Seamus nickte dankbar und ließ sich niedersinken und lehnte erschöpft an der Hauswand.

„Warum hast Du nicht den Ochsenkarren genommen?", wunderte sich Fianna.

Seamus pumpte und erwiderte dann: „Der lange Regen letzte Nacht. Die Wege sind zu schlammig, da komme ich nicht durch."

Sie nickte und eilte ins Haus, nahm einen Steingutbecher vom Bord und füllte ihn mit kühlem Brunnenwasser, dass sie vorhin frisch aus ihrem Quellbrunnen geschöpft hatte. Fianna überlegte fieberhaft, was sie alles mitnehmen musste. Sie würde das Tier zunächst etwas sedieren, damit es sich nicht durch seine Panik seiner letzten Kräfte beraubte. Für einen Kaiserschnitt waren die Bedingungen im Stall und auch ihre Ausrüstung nicht ausreichend und so musste sie sich auf ihre Hände und Arme beschränken. Neben Laudanum wählte sie noch ein Massageöl aus, bestehend aus Arnika und Lavendel. Glücklicherweise hatte sie noch eine große Flasche übrig, sie würde eine ganze Menge benötigen. Seamus kam rein und sie drückte ihm den Becher in die Hand. Er setzte sich an den Ahorntisch und legte den Kopf in die Hände.

„Nun mach dir nicht allzu große Sorgen." beruhigte ihn Fianna. „ Wir sind drei Erwachsene. Das werden wir schon irgendwie schaffen. Ich habe gleich alles beisammen. Dann können wir los."

Fianna packte das Öl und die Tropfen in ihren Leder-rucksack.

„Habt ihr hochprozentigen Alkohol im Haus?" fragte sie.

„Willst du dir vorher sicherheitshalber etwas Mut antrinken", entgegnete Seamus verwundert.

„Ich brauche ihn zum Desinfizieren der Scheide!?"

Fianna schmunzelte. Sie mochte Seamus. Er war ein intelligenter und zugleich sehr herzlicher Bursche. Er experimentierte wie sie selbst auch sehr gerne und machte sich nichts daraus, wenn es nicht gleich den gewünschten Erfolg brachte. Seine Leidenschaft waren die Feldfrüchte und er hatte einen wunderbaren Dinkel heraus gezüchtet, der gehaltvoll und robust war und von den ursprünglichen Saaten der Kelten abstammte. Er hatte etwas Saatgut einer befreundeten Archäologin abgequatscht. Es stammte aus Grabbeigaben, die sie bei einem Oberdruiden gefunden hatte und Seamus hatte es tatsächlich geschafft, sie zum Keimen zu bringen. Das war vielleicht auch der Grund, warum er Fianna und ihre Arbeit so schätzte. Und daher nahm sie seine Bemerkung auch nicht wirklich ernst. Sie hatten schon öfters darüber gesprochen, was Keime vor allem in Wunden und im geschwächten Organismus bewirken konnten und er wusste ganz genau worum es hier ging.

Seamus schmunzelte zurück. „Ich habe einen guten Korn da. Den wollte ich zwar nicht mit meinen Kühen trinken, aber was soll's..."

„Wir müssen los", ermahnte sie ihn. Nicht ohne Wehmut dachte sie an ihr Hustenelixier. Sie würde es wohl noch mal ganz frisch aufsetzen müssen. Die Kraft der Kräuter nahm im Sud von Stunde zu Stunde ab. Aber es war einfach noch nicht ausreichend eingekocht und so konnte sie sie nicht entfernen. Sie seufzte. Im Garten steht ja noch genug, dachte sie und schulterte ihren Rucksack.

Seamus erhob sich und ging voran. Es war eine Strecke von fast einer Stunde zu seinem Hof. Er runzelte die Stirn und betete insgeheim, dass die Kuh und das Kalb noch so lange aushielten.

℘

Fianna stammte aus dem Süden. Sie war in einem Bergdorf an der Hügelkette des „Cú Chulainn" aufgewachsen. Ihr Vater war früher ein Krieger gewesen. Jetzt, in Friedenszeiten züchtete er edle Pferde, die er an die Kämpfer und Ritter des Königs verkaufte. Seine außergewöhnliche Zucht war über das ganze Land bekannt. Die Interessenten mussten zum Teil jahrelang auf ihr Pferd warten. Duncan O`Gylvie, Fiannas Vater, ließ sie zunächst drei Monate bei sich im Gestüt arbeiten. Sie mussten alle Arbeiten verrichten, die auch ein Stallbursche zu tun hatte. Ausmisten, Pferde striegeln, füttern, dem Hufschmied zur Hand gehen. Wenn ein adeliger Jüngling sich dafür zu schade war, bekam er kein Pferd. Diese Phase der Annäherung, wie er es nannte, war auch nicht mit Geld ablösbar. Sie erforderte die unbedingte Präsenz des Kaufinteressenten. Während dieser Zeit wurden Sie von Duncan beobachtet und eingeschätzt. Es war keine Prüfung als Voraussetzung dafür, dass sie ein Pferd erwerben durften. Er wollte die Person nur genau kennenlernen um zu erfahren, welcher Art das Pferd sein musste, damit es zu ihm oder ihr passte. Wenn er sich darüber Klarheit verschafft hatte, wählte er Stute und Hengst aus und überließ den Beiden eine eigene Koppel in der Nähe der Herde. Verstanden sich die Beiden und es kam zum Deckakt, durfte der Käufer erst einmal wieder nach Hause reisen. Nach der

Geburt des Fohlens kam der Käufer wieder und betreute sein junges Pferd von diesem Zeitpunkt an in regelmäßigen Abständen, ging mit ihm spazieren, beschäftigte sich mit ihm auf dem Trainingsplatz und zeigte ihm seine neue Welt. So entstand bereits in frühem Stadium eine Bindung, auf der aufbauend Duncan später wichtige Prägungen und die eigentliche Ausbildung vermittelte.

Fianna erlebte ihre Kindheit in Wiesen und Wäldern, zwischen und auf den Pferden. Sie atmete den Rhythmus der Natur und entwickelte eine starke Zuneigung zu diesen stillen und weisen Wesen. In dieser Zeit lernte sie auch viel über den Körper und die Gesundheit der Tiere. Und hier und da half sie bei den Geburten der Fohlen. Sie hatte dem Medicus oft zugesehen und assistiert, wenn eine Schwangerschaft problematisch war und beobachtete fasziniert, wenn der alte Mann seinen Arm bis zur Schulter in die Scheide schob um im Innern alles zurechtzurücken.

✐

Fianna und Seamus hatten den Weg vorwiegend schweigend zurückgelegt. Sie waren sehr stramm gelaufen und brauchten ihre Kräfte und ihren Atem um nicht vorzeitig zu ermüden.

Sie traten aus dem Wald hinaus und nach zwei Wegbiegungen kam der Hof in Sicht. Es war alles sehr still. Vermutlich waren auch die Kinder im Stall und wachten bei der Kuh. Als sie näher herankamen, stieß Seamus einen kurzen kräftigen Ruf aus, wie den eines Raubvogels. Die Jungen kamen aus dem Stall geschossen und rannten auf die Herankommenden zu.

„Pa! Da seid ihr ja endlich! "schnaufte Patrick und runzelte seine blasse Stirn. „Bella ist sehr schwach. Mama ist bei ihr und versucht sie zu beruhigen. Es ist noch immer nichts weiter passiert, seit Du gegangen bist. Nur der eine Fuß ist zu sehen. Kannst Du ihr helfen, Fianna?" Sein Blick war flehentlich. Patrick liebte Tiere und er litt mit Bella.

Fianna strich Patrick über die flachsblonden Haare, die wie kleine harte Borsten vom Kopf standen. „Ich werde es versuchen. Lass uns hineingehen. Nimm Deinen Bruder mit und bring uns schon mal einen sauberen Eimer mit abgekochtem heißen Wasser und saubere Tücher. Kriegt ihr das hin, Cedric und Du?"

Patrick reckte sich und blickte entrüstet zu ihr auf. „Cedric ist ja noch klein, aber er kann mir dabei helfen. Ich regle das schon, Fianna!"

Sie lächelte. „Danke, Patrick."

Seamus war schon in den Stall geeilt und saß jetzt bei Lilian im Stroh, die der Kuh den Kopf kraulte und leise auf sie einredete. Neben ihr lag der kleine Connor und schlief. Die ganze Aufregung war für den Zweijährigen wohl zu viel geworden und er hatte sich an Mama gekuschelt in den Schlaf gerettet.

„Sei gegrüßt Lilian." Fianna berührte sie leicht an der Schulter. „Du musst erschöpft sein. Trink erst mal einen Tee. Wir werden das kleine Wesen schon befreien."

Fianna hörte aus ihren Worten den Mut, den sie sich selber zusprach. Sie ging um Bella herum, die halb auf der Seite im Stroh lag. Die Fruchtblase war geplatzt und sie sah den winzigen gespaltenen Huf aus der Scheide ragen. Die Jungs waren mittlerweile mit dem Wasser eingetroffen und Fianna goss einen Teil in eine Schale uns wusch sich gründlich die Hände mit Kernseife und einer harten Bürste. Mit einem frischen Tuch trocknete sie sie ab und legte auch eines der Tücher, die Cedric vorsichtig auf seinen kleinen Armen balancierte, bereit.

„Das habt ihr toll gemacht", lobte Seamus und blickte sich liebevoll zu seinen Söhnen um.

Er kniete neben Fianna im Stroh und half den Po der Kuh ein wenig zu lupfen um das Tuch darunter zu schieben. Auch er hatte sich die

Hände gereinigt, so wie es ihm Fianna gezeigt hatte.

Die Bedeutung von Hygiene war hier auf dem Land noch immer nicht in dem Bewusstsein der Bevölkerung verankert. Die neuen Erkenntnisse der Ärzte in der Universitätsstadt drangen sehr theoretisch aufs Land. Aber Fianna zeigte den Menschen ganz hautnah, was es bedeutete und bewirkte, wenn nicht jede Verletzung gleich zu einer schweren Entzündung führte, die wochenlang eiterte und die Bauern oft sogar einen Finger oder Zeh kosten konnte.

Fianna tastete zunächst den Bereich rund um die Scheide und den Geburtskanal ab. Die Kuh hatte eindeutig Fieber, sie musste sich beeilen.

„Sie muss trinken, unbedingt!" raunte sie Seamus zu. „Versucht ihr Tee einzuflößen. Habt ihr Lindenblüten da? Sie senken das Fieber."
Lilian nickte. Sie war zurückgekommen und hatte ihre Teetasse in der Hand.

„Ich gebe sie auch den Kindern, das hilft sehr gut. Ich koche sofort welchen."

„Vorher gebt ihr Wasser." Fianna runzelte die Stirn. „Wir dürfen nicht riskieren, dass sie das Bewusstsein verliert. Wir können das Kalb zwar herausziehen, aber dafür müssen beide Vorderbeine so weit draußen sein, dass wir

Stricke daran binden können. Habt ihr die Stricke schon ausgekocht?"

Seamus stöhnte. Fianna war wirklich pingelig, aber sie hatte ja Recht. Er stand auf um sich darum zu kümmern. Seine Nachbarin war gerade dabei, mit der Hand um den kleinen Fuß des Kalbes herum-zutasten. Das Gewebe war sehr eng und sie kam mit der Hand nicht rein. Gut, dass sie das Massageöl eingepackt hatte. Sie goß etwas auf ihre Hände und ließ es sich in ihren Handflächen erwärmen. Dann begann sie die Kuh mit kräftig kreisenden Bewegungen zu massieren, vor allem zwischen Scheide und Euter. Langsam entspannte sich das Gewebe etwas und sie konnte durch die Haut eine Art Stau spüren, etwas Dickes und Hartes.

„Ich glaube, ich weiß was das Problem ist", sagte sie an Lilian gewandt, die bereits mit einem Krug Lindenblütentee zurück-gekehrt war und nun versuchte, diesen kellenweise in das Maul der entkräfteten Bella zu flößen.

„Was meinst Du?" Lilian hielt inne und blickte sie hoffnungsvoll an.

„Ich denke, das andere Bein ist abgeknickt und blockiert so das Ausstoßen des Kalbs bei den Wehen. Ich muss da reinkommen und es nach vorne ziehen!" Fianna wusch sich nochmals gründlich die Hände und rieb sie dann mit gereinigtem Melkfett ein.

„Ist Seamus zurück mit den Stricken?" fragte sie sich leicht umsehend. „Ich brauche jetzt beides!"

„Patrick! Geh schnell und hole deinen Vater!" Patrick flitzte los und stieß fast mit Seamus zusammen, der eben im Begriff war mit einem dampfenden Eimer in der Hand den Stall zu betreten. Er hatte die ausgekochten Stricke in dem Eimer gelassen, damit sie sauber blieben und auch warm. Wenn sie um die Beine des Kälbchens gewickelt wurden, sollten sie mindestens Körpertemperatur haben.

„Komm bitte", bat Fianna. „Du musst mir helfen. Bitte versuche die Scheide soweit zu dehnen, dass ich mit der Hand hineinkomme."

✆

Lilian saß auf dem alten weinroten Sofa in der Stube und hatte sich Connor an die Brust gelegt. Sie stillte ihn noch immer, wie es auf dem Land üblich war. Der Kleine hatte die ganze Aktion verschlafen, was den Vorteil hatte, dass seine Mutter sich direkt um das Kalb kümmern konnte, als es endlich das Licht der Welt erblicken durfte. Fianna hatte es tatsächlich geschafft, mit viel Kraft und Geduld und mit

Seamus´ Geschick-lichkeit, den abgewinkelten Fuß des Kalbes zu fassen zu kriegen und mit dem einen Ende des einen Seiles zu umwickeln. Dann hatten sie beide den Fuß vorsichtig, Zentimeter für Zentimeter nach draußen gezogen. Bella war mittlerweile zu schwach zum Pressen gewesen. Und so hatten sie auch den zweiten Fuß angebunden und das Kälbchen zu zweit ans Licht befördert. Es war ein wunderhübsches karamellfarbenes Mädchen. Und während Seamus und Fianna die Kleine abrubbelten und mit einer Flasche Vormilch fütterten, die sie Bella schon vorsorglich vor Beginn der Geburt abgemolken hatten, kümmerten sich Lilian und die beiden großen Jungs um die frischgebackene Mutter. Sechs Stunden waren vergangen und die Nacht war angebrochen.

Seamus hatte Patrick und Cedric etwas zum Essen gemacht und sie zu Bett gebracht. Nun standen er und Fianna in der Küche und bereiteten das Abendessen für sie drei vor. Es gab frisch gebackenes Brot, Quark mit Kräutern, Tomaten und Ale. Nachdem Lilian auch Connor in seine Wiege gelegt hatte, setzten sie sich an den großen runden Tisch in der Stube. Fianna war total erschöpft und hungrig und sie genoss das Essen über alle Maßen. Sie fühlte sich wohl in der Gesellschaft der Beiden und sie saßen noch lange zusammen und sprachen über die Dinge, die sie gerade bewegten. Da es zu spät für den Rückweg war, luden Lilian und Seamus Fianna ein, bei ihnen zu übernachten. Sie bereiteten ihr ein Nachtlager in der Scheune und so schlief Fianna auf der Tenne im Heu.

☙

Ich hatte große Angst, den Schritt zu wagen. Raus aus der Stadt mit seinen Sicherheiten, hin zu einem Ort, den ich bislang nicht kannte und wo mich niemand kannte. Ich kam in die völlige Einsamkeit. Die Hütte war unbewohnt. Ich hatte sie schon vor einiger Zeit entdeckt und mich im Ort erkundigt, wem sie gehörte. Der Schamane hatte dem Dorf Glück gebracht und genoss ein hohes Ansehen. Er sorgte dafür, dass das Getreide rechtzeitig ein-gebracht wurde, dass das Vieh gesund blieb und die Bewohner respektvoll mit der Natur umgingen. Er schlichtete auch Konflikte und gab Rat, wenn wichtige Entscheidungen anstanden. Elizabeth erzählt mir oft von Yuri. Er muss ein besonderer Mensch gewesen sein. Im Dorf war man ganz froh, dass wieder jemand in der Hütte wohnte. Ein leeres Haus tut nicht gut. Zwar verhielt man sich mir gegenüber zunächst abwartend und etwas argwöhnisch, aber mit den Jahren hat sich alles recht gut entwickelt. Viel schwieriger war es für mich selbst. Ohne die Angebote und Ablenkungen des Stadtlebens wird man sehr schnell auf sich selbst zurückgeworfen. Und nichts ist schwieriger, als mit sich selbst alleine zu sein. Doch mittlerweile beginne ich diese Stille zu schätzen, die sich mehr und mehr auch wohltuend in meinem Inneren ausbreitet. Und diese Stille ist es, die mich erdet und mir den Halt gibt, den ich in meinem früheren Leben nie hatte und immer verzweifelt und vergebens gesucht habe. All die Süchte und Verlockungen bringen zuletzt nichts ein. Und auch mein Wunsch nach Nähe und Geborgenheit, nach Gemeinschaft und ständiger Kameradschaft war letztlich nur eine Krücke, die verbarg, dass ich nicht in der Lage war, mir selbst genug zu sein. Ich will nicht sagen, dass ich das heute in aller Konsequenz bin. Aber dieses Tor hat sich geöffnet und der Lichtstrahl, der zu mir herein dringt hat eine Kraft, die alles bisher Dagewesene buchstäblich in den Schatten stellt. „Alles Sichtbare ist nur ein Gleichnis", so steht es in der Bibel. Mehr und mehr wird mir klar, dass die Leere der Dinge das einzig Sichere an der sogenannten Realität ist. Sich in dieser enthüllten Welt zurechtzufinden bedarf es der Führung, die kein irdisches Wesen in der Lage ist zu leisten. Ich halte ganz innig Kontakt zu Gott und spüre, dass diese Konstante mich langfristig nicht enttäuschen wird.

✆

Das Elixier war endlich fertiggestellt und Fianna begann sich für den Markt vorzubereiten. Sie hatte den Honig aus den Waben geholt und abgefüllt. Sie hatte mehrere Kuchen gebacken. Fianna buk mit fein geschrotetem Dinkelmehl und mischte Sanddorn, Haselnüsse und Honig unter den Teig. Heute am Abend vor dem Markttag würde sie besonders früh schlafen gehen. Denn sie musste um vier Uhr aufstehen um das Brot und die Brötchen zu backen. Sie freute sich sehr auf diesen Tag. Der Markt fand einmal im Monat statt, jeden ersten Samstag und es war nicht nur ein Tag des Handelns sondern ein großes Ereignis für Coldawn. Es fanden sich auch immer einige Gaukler ein und Spielleute. Und aus Kingstown kamen Geschäftsleute und Gesandte des Königs auf der Suche nach neuartigen Waren oder wichtigen Informationen. Natürlich fürchtete sie sich auch immer ein wenig, dass sie die Vergangenheit einholen könnte, zum Beispiel in Form von Sean, der die königliche Hofschreinerei in Kingstown leitete.

Aber bisher war er noch nicht aufgetaucht. Er wusste nicht, wo sie hingegangen war und sie hatte es auch vermieden, ihm Spuren zu legen. Das musste ja nicht sein. Und Sean selbst schickte meistens einen seiner Meister nach Coldawn. Für ihn persönlich war das „Nest" zu unbedeutend um persönlich zu Monatsmarkt zu anzureisen. Fianna seufzte. „Ist auch besser so.", dachte sie. „Schließlich muss ich mir nichts beweisen."

Auch wenn sie sich sicher war, dass sein Erscheinen die alten Wunden nicht mehr aufreißen konnte, wollte sie diese Situation nicht unnötig heraufbeschwören. Sie hatte Sean so sehr geliebt und der Schmerz über den Verlust seiner angeblichen Liebe hatte ihr schier den Verstand geraubt. Sie hatte an ihn geglaubt und ihm vertraut. Aber Sean hatte letztlich nur mit ihr gespielt und sie jahrelang in dem Glauben gelassen, dass er sie auch liebe und zu ihr stünde. In Wirklichkeit hatte er ihr jedoch die ganze Zeit über die Wahrheit über seine Lebensumstände verheimlicht. Sean kam aus einem Dorf in der Ebene westlich von Kingstown, ungefähr einen halben Tagesritt entfernt. Sein Vater war ebenfalls Schreiner gewesen und hatte seinen Sohn in seiner Werkstatt ausgebildet. Der Ort war klein, nur etwa dreißig Häuser zählte der Flecken und die Familien waren eng mit einander verbunden. Laureen, die Tochter des ortsansässigen Waldarbeiters war Sean seit Kindheit an versprochen. Ihr Vater lieferte das Holz an die Schreinerei. Er und Seans Vater saßen abends zusammen im Pub während die Mütter am Kamin spannen und Geschichten erzählten. Die Kinder waren ständig zusammen und es war nur noch eine Formsache, dass Sean Laureen an ihrem sechzehnten Geburtstag einen Heiratsantrag machte. Sie bekamen zwei Kinder, eine Tochter und einen Sohn und bewohnten einen Seitenflügel des Hauses seiner Eltern. Vor acht Jahren dann erhielt Sean den Ruf an den königlichen Hof in Kingstown, eine Auszeichnung, der er sich nicht entziehen konnte und wollte. Laureen aber wollte nicht in die Stadt und blieb mit den Kindern im Haus wohnen. Sean besuchte sie jedes zweite Wochenende. So war das auch, als Fianna ihn kennenlernte. Sie arbeitete in der Apotheke am großen Platz vor der Kirche. Sean kam eine Zeit lang öfters rein. Er hatte sich mit dem Hobel an der Hand verletzt und bat bei seinem ersten Besuch um eine Tinktur gegen die Entzündung. Fianna sah sich Wunde an und riet ihm zu einem Arzt zu gehen. Er wollte aber nichts davon wissen, da er wie er sagte keine Zeit für solche Kleinigkeiten hatte. Fianna säuberte die Stelle gründlich mit Alkohol und staunte über seine zähe Konstitution; er verzog keine Miene. Dann mixte sie ihm eine Salbe aus Lindenblüten, einem speziellen Schweine-leberextrakt und ausgelassenem Gänse-schmalz. Die Wunde heilte sauber ab und in den folgenden Wochen tauchte Sean immer wieder bei ihr auf und erfand kleine Gelegenheiten, für die er ihre Dienste benötigte. So musste sie ihm einen Splitter aus dem Finger ziehen, das Auge spülen nachdem ein Spritzer Beize hineinge-kommen war und einen gequetschten Daumen bandagieren. Bei diesen Besuchen ließ Sean keinen Zweifel daran, dass er sich für Fianna interessierte und sie näher kennenlernen wollte. Er machte ihr immer wieder Komplimente über ihr fachliches Können und traf dabei auf fruchtbaren Boden. Fianna litt sehr darunter, dass der Apothekermeister ihre Leistungen nicht anerkannte und sie eigentlich nur für den Verkauf einsetzte. Hal Levi konnte es nicht ertragen, dass Fianna, obwohl sie nicht wie er in Kingstown Pharmazie studiert hatte, auf vielen Gebieten der Heilkunde vor allem der Wirksamkeit natürlicher Heilmittel viel mehr wusste als er und ihr Wissen im Gegensatz zu ihm auch praktisch anwenden konnte. Wenn sie beide an der Theke standen und ein Kunde sich mit einer fachlichen Frage direkt an Fianna wandte, mischte er sich ein, fiel ihr ins Wort und brachte es sogar fertig, sie in Gegenwart des Käufers herabzusetzen und sich über sie lustig zu machen. Einmal sagte er zu der jungen Lady Deidre, der rechten Hand des Hof-Medicus, er solle nicht auf das Kräuterweiblein hören sondern sich lieber seiner trefflichen Mixturen bedienen, die ja auch der Meister O'Glendys selbst zu sich zu nehmen pflege. Lady Deidre ließ sich öfter von Fianna beraten und schätzte deren außerordentlichen Kenntnisse auf dem Gebiet der Heilkräuter. Dennoch fühlte sie sich ihrem Meister verpflichtet und wagte es nicht, Master Levis Rat auszuschlagen. Sie blickte kurz verwirrt und auch etwas bedauernd in Fiannas Richtung und nahm dann das Mittel des Apothekers entgegen. Sie legte das Geld auf die Theke, murmelte einen Gruß und verließ den Laden. Fianna platzte fast vor Wut und Schmerz. Aber sie hatte es längst aufgegeben, mit ihm zu diskutieren oder gar zu streiten. Für ihn zählte nur seine Meinung und sein Machtanspruch. Und den spielte er gegen Fianna aus, ob er im Recht war oder nicht. Und es graute ihr vor diesen Situationen, in denen sie nur noch mehr verlieren aber nichts gewinnen konnte. Sie drehte sich um und verließ den Raum unter dem Vorwand etwas aus dem Lager holen zu müssen und blieb minutenlang draußen im Hof stehen um sich wieder zu fangen.

Sean war das genaue Gegenteil. Er lobte sie ständig und wagte es sogar, Hal Levi gegenüber für sie Partei zu ergreifen. Das imponierte ihr sehr und war Balsam für ihre verletzte Seele. Als Sean sie an einem Samstag für den Nachmittag nach Ladenschluss zu einem Spaziergang einlud, willigte sie ein. Sean besaß die Erlaubnis, sich im Schlosspark aufzuhalten und führte Fianna durch ein kleines Seitentor, für das er einen Schlüssel besaß in einen kleinen wild wachsenden Rosenhain am Rande eines kleinen Teiches. Es war wunderschön dort und Fianna fühlte sich in eine neue und freundliche Welt entrückt. Sie wanderten Seite an Seite um den Teich herum und Sean erzählte ihr von seiner Heimat, dem Dorf Walhan, das in mitten einer geheimnisvollen Moorlandschaft liegt und von seiner Großmutter, die tatsächlich eine heilige Kräuterfrau gewesen sei.

„Briana war eine weise Frau und ich hielt mich gerne in ihrer Nähe auf." berichtete Sean und berührte Fianna sanft am Arm, „Sie hat mich viele Dinge über die Natur und die Pflanzen und Tiere gelehrt. Ich habe sie sehr verehrt und war gebannt von ihrer Kraft und ihrer tiefen Verbindung, in der sie zu den Dingen stand. Und ich spüre, dass auch du in diesem Geiste lebst und wirkst."

Fianna war überrascht von diesen Worten und konnte gar nicht glauben, dass Sean sie tatsächlich in ihrem Wesen verstehen wollte. Sie war meist alleine mit ihren Vorstellungen über die Zusammenhänge in der Welt und konnte diese Gedanken auch mit niemandem teilen. Nicht mit ihrer Familie, die ihr immer fremder wurde. Nicht mit ihren Freundinnen, die sie mehr und mehr als merkwürdig einstuften. Und ihre männlichen Bekannten belächelten sie oftmals und nahmen sie nicht ernst. Sean schien auf der gleichen Wellenlänge zu schwingen und sie konnte sich stundenlang mit ihm unterhalten. Er hörte zu, er stellte intelligente Fragen und konnte ihren Gedankengängen folgen. Fiannas Freude kannte keine Grenzen. Sie trafen sich von dem Tag an öfter und gingen spazieren oder sammelten seltene Pflanzen, sie aßen zusammen und unternahmen kleine Wanderungen zu den alten Kraftorten in der Umgebung. Als sie an einem Spätsommertag auf den verwitterten Steinen am Rande eines Menhirfeldes saßen, drehte Sean versonnen an einer von Fiannas glutroten Locken, die ihr wie Brandung um die

Schultern wogten. Er drückte seine Nase in die samtige Flut und blies ihr flüsternd ins Ohr. Fianna erschauderte und ihre bisher gewahrte Zurückhaltung wurde mit den Wellen fortgespült.

✿

Sean hatte nie von seiner Frau und seinen Kindern gesprochen. Als sie ihn fragte, ob er gebunden sei, verneinte er. Sie lagen auf der Wiese in ihrem kleinen Garten am Bach und sie lag scherzend auf seinem Bauch. Fianna fühlte sich so wohl, so aufgehoben in seiner Gegenwart. Sie nannte ihn ihren „Fortnight-Lover", weil Sean alle vierzehn Tage am Wochenende nicht bei ihr war.

Er hatte ihr erklärt, dass seine Mutter sehr krank sei und wohl nicht mehr lange leben würde. Sie leide an einer Muskelschwund-erkrankung und könne das Haus nicht mehr verlassen. Sean wirkte sehr besorgt und Fianna zeigte volles Verständnis dafür, dass er beschlossen hatte, sie alle zwei Wochen über das Wochenende zu besuchen. Auf ihre Fragen hin, ob sie ihn einmal begleiten dürfe antwortete Sean:

„Ich denke die ganze Zeit darüber nach, wie wir das am besten anfangen. Ich möchte dich lieber heute als morgen meinen Eltern vorstellen. Ich habe ihnen schon so viel von dir erzählt und sie brennen darauf, dich kennen zu lernen. Aber meine Mutter ist so eigen, was ihren Anspruch an die Gastfreundschaft angeht. Sie möchte erst, dass es ihr wieder etwas besser geht und sie dich zumindest aufrecht begrüßen und auch ein angemessenes Mahl zubereiten kann. Ich habe ihr schon mehrmals gesagt, dass das nicht nötig ist und dass du so ein wunderbarer Mensch bist und nichts auf Äußerlichkeiten gibst. Aber ich konnte sie noch nicht so recht überzeugen. Hab noch ein wenig Geduld. Sie wird sich bald besinnen und dann nehme ich dich sofort mit."

Fianna seufzte nur innerlich, lächelte Sean dabei offen und herzlich an und nickte.

„Kein Problem, Liebes. Es hat doch keine Eile. Und ich habe dich ja die ganze übrige Zeit."

✄

Der Wagen war gepackt und Fianna ging auf die Koppel, um Gwendolyn zu holen. Die Pferdeweide lag etwas oberhalb des Hauses auf einem kleinen Hochplateau. Dort am Waldrand stand auch der Offenstall mit einem kleinen überdachten Heulager. Fianna hatte Gwendolyn bald nach ihrer Ankunft einem Bauern aus dem Dorf abgekauft. Sie war ein stämmiges olivfarbenes Gebirgspferd mit einer hellen Mähne und einem freundlichen Charakter. Vor zwei Jahren hatte sie ein pechschwarzes Hengstfohlen bekommen. Zusammen mit einer kleinen Ziegenherde lebten die beiden das ganze Jahr dort oben. Fianna öffnete das Gatter und zog ein paar Möhren aus der Tasche. Maxim preschte aus der hintersten Ecke der Koppel im gestreckten Galopp auf Fianna zu und kam mit spritzenden Hufen wenige Zentimeter vor ihr zum Stehen. Er neigte seinen hübschen Kopf auf ihre Schulter und blies ihr ins Ohr. Fianna kicherte und gab ihm einen Kuss auf die weiche Nase.

„Na Du Süßer? Wie geht es Dir?" lachte sie. Er knabberte ein bisschen an ihrer Jacke und arbeite sich dann zu den Möhren weiter.

„Nur eine!" ermahnte sie ihn, „die anderen sind für Gwendolyn. Schließlich muss sie heute schwer arbeiten."

Gwendolyn war unterdessen auch eingetroffen und knuffte ihren Sohn liebevoll aber bestimmt zur Seite, um die Rangver-hältnisse klarzustellen und ihre Möhren abzuholen. Fianna strich ihr zärtlich über die Mähne und flüsterte ihr einen Gruß ins Ohr.

„Komm, wir müssen los." sagte sie dann und ließ die Stute durch das Gatter nach draußen und schloss es hinter sich. Sie verabschiedete sich von Maxim und den Ziegen und lief hinter Gwendolyn den Hang hinunter, die schon zielsicher auf den Vorplatz der Hütte zusteuerte. Dort stand der Marktwagen, bereit zum Anschirren. Nachdem alle Gurte festgezurrt waren, stieg Fianna auf den Bock und gab Gwendolyn ein Zeichen.

Es war nicht weit in den Ort, aber es hatte in der Nacht geregnet und die Wege waren nicht besonders gut. Fianna hatte recht, Gwendolyn musste ziemlich arbeiten, um den Wagen durch den Schlamm zu ziehen. Immer wieder mussten sie aufpassen, dass der Wagen nicht steckenblieb und so dauerte es doch eine Stunde, bis sie im Dorf ankamen. Auf halber Strecke trafen sie auf Kerry Wilborough. Er war zu Fuß unterwegs und trug eine schwere Kiepe auf dem Rücken, die mit den ersten Äpfeln gefüllt war. Fianna fand noch etwas Platz im Wagen und Kerry war ihr unglaublich dankbar, dass er nicht mehr laufen musste. Er hatte im Frühjahr seinen siebzigsten Geburtstag gefeiert und die lange Strecke von seinem Haus in der Waldsiedlung bereitete ihm immer mehr Mühe. Als seine Frau letztes Jahr an einem schweren Fieber gestorben war, hatten sie sich zunächst Sorgen gemacht, ob er sich von dem Kummer erholen würde. Aber Kerry war zäh. Er besann sich auf seine Jugendjahre in der Gärtnerei seines Vaters und verbrachte viele Stunden des Tages auf seinem kleinen Stück Land und begann Gemüse, Bäume und Blumen zu kultivieren. Die Apfelbäume waren schon alt und trugen fast nichts mehr. Doch Kerry gelang es durch den richtigen Schnitt und viel Pflege, ihnen zu neuer Kraft zu verhelfen. Nun war er sehr stolz, seinen ersten richtigen Ertrag diesen Jahres auf den Markt zu bringen. Als ihn Fianna von der Seite ansah, freute sie sich, seine kleinen Lachfalten wieder zu sehen, die seit letztem Jahr völlig verschwunden schienen.

„Euch geht es besser, das ist so schön zu sehen", sagte sie und lächelte ihn freundlich an. „Und Eure Äpfel duften köstlich!"

Mister Wilborough strahlte.

„Es ist eine sehr alte Sorte, wisst Ihr. Meine Frau hatte vor vielen Dekaden einen frischen Trieb vom alten Sherman bekommen. Habt ihr von ihm gehört?"

Fianna schüttelte den Kopf.

„Er war gut mit dem Schamanen befreundet, in dessen ehemaligem Haus Ihr jetzt lebt. Sie hatten beide Kontakt zum Alten Volk."

Fianna horchte auf. „Das Alte Volk". Den Begriff hatte sie in letzter Zeit mehrmals gehört. Man kannte ihn wohl aus den Sagen und überlieferten Geschichten über Druiden und weisen Frauen, aber so richtig konnte sie noch immer nicht dran glauben, dass es dieses Volk wirklich gab.

„Könnt Ihr mir mehr darüber erzählen?" fragte sie nun.

„Viel weiß ich auch nicht." Der alte Mann bekam einen weiten Blick, der durch sie hindurch zu gehen schien. „Meine liebe Anne wusste mehr darüber." Eine steile Furche zeigte sich auf seiner Stirn und er wirkte zerbrechlich.

„Verzeiht, ich möchte nicht in Euch dringen." Fiannas Blick haftete auf Gwendolyns Ohren und sie schwankte zwischen Neugier und Sorge. Sie musste mehr darüber erfahren, dass spürte sie deutlich, aber...

„Ihr müsst Euch nicht entschuldigen, Fianna! Es schmerzt so sehr, an Anne zu denken und über sie zu reden. Aber ich möchte sie dennoch nicht aus meinem Leben verdrängen. Ich möchte sie viel mehr täglich bei mir haben, in dem ich von ihr spreche und sie in meinen Alltag mit einbeziehe."

Fianna blickte mit großer Hochachtung auf Mr. Wilborough. Ob sie wohl auch so mit ihrer Vergangenheit würde lernen umzugehen. „Aber bei mir liegen die Dinge doch sehr anders", rechtfertigte sie sich im Stillen.

„Ich werde Euch mit Sir Galahad bekanntmachen", hob Kerry wieder an. „Er ist der Vetter von Anne. Das Gut Ciann Mer liegt an der Westküste, drei Tagesritte von hier. Dort, am Rande der alten Felsenstadt verschwimmen die Grenzen zwischen alter und neuer Welt. Sir Galahad ist ein wenig wunderlich. So wie man eben wird, wenn man in dieser Spannung lebt. Aber er wird Euch gerne berichten, was er weiß."

Fianna brannte darauf, zu erfahren, wann sie Sir Galahad treffen könnte. Aber sie schwieg. Sie wollte nicht unhöflich erscheinen. Statt dessen schenkte sie dem Alten ein dankbares Lächeln und steuerte den Wagen vorsichtig auf das holprige Pflaster, dass den Eingang zum Dorf markierte. Hier wurde es eng, viele Karren und Händler zu Fuß strömten dem Marktplatz entgegen. Es war kurz vor acht Uhr und die ersten Stände öffneten bereits. Fianna stieg vom Bock und führte Gwendolyn das letzte Stück zu ihrem angestammten Platz in der Südecke des Platzes. An einer Häusernische konnte sie den Wagen abstellen. Sie half Mr. Wilborough herunter und setzte ihm die Kiepe auf die Schultern.

„Bis bald." verabschiedete er sich. „Ich werde Sir Galahad einen Brief schreiben und Sie ankündigen."

Fianna blickte ihn verblüfft an. „So bald schon?", dachte sie. „Doch warum nicht." An ihn gewandt sagte sie:

„Habt herzlichen Dank, Mr. Wilborough. Das ist sehr freundlich von Euch. Ich freue mich sehr! Habt einen schönen Tag und gute Geschäfte."

Sie brachte ihre Stute in Kennys Marktstall. Dort konnten alle Zugtiere während des Tages eingestellt werden. Sie bekamen Futter und konnten sich ausruhen.

„Danke Dir, meine Liebe. Das hast Du sehr gut gemacht." lobte Fianna. Sie befreite Gwendolyn von Trense und Geschirr und rubbelte sie mit etwas Stroh ab.

„Ich bin bald zurück. Das weißt Du ja." Die Stute schnaubte und wandte sich einem dicken Heunetz zu.

Als sie vor das Tor trat, kam die Sonne durch die Wolken hervor. Sie wandte sich dem Marktplatz zu. Auf dem Weg traf sie auf Lilian und die Kinder. Lilian trug Connor vor dem Bauch, die beiden Älteren sprangen mit leuchtenden Augen um sie herum und schienen es nicht erwarten zu können, endlich den Markt zu erreichen.

„Grüß Dich", rief Lilian. „schön, Dich zu sehen. Bist Du auf dem Weg zu Deinem Stand?"

Die beiden Frauen drückten sich sanft, um Connor nicht zu wecken. „Ich muss ihn jetzt aufbauen." antwortete Fianna. „Es ist noch alles im Wagen. Ich habe gerade Gwendolyn weggebracht. Ist Seamus auch hier?"

„Ja, er ist wie immer an der Stirnseite hinten. Wir haben gestern geschlachtet und haben frisches Fleisch, Wurst und Sülze dabei. Dazu auch ein paar Felle, die wir im letzten Monat gegerbt haben. Ich habe den Kindern versprochen, ihnen Honigkuchen zu kaufen und Brause. Danach werde ich Seamus helfen. Ich bringe die Jungs später zu meiner Mutter, sie wird auf sie aufpassen, bis wir alles verkauft haben."

Sie unterhielten sich während Fianna an ihrem Wagen anlangte und begann, die Plane zu lösen und ihre Waren abzuladen. Die Familie verabschiedete sich und Fianna baute Brot, Kuchen, Honig und Elixiere auf ihrem Tisch zu einem einladenden Ensemble auf. Dazu stellte sie eine Vase mit frischen Wiesenblumen hin. Wie vermutet, hatten sich schon einige Frauen eingefunden, um Brot und Kuchen zu kaufen. Das war immer schnell verkauft und Fianna lächelte in die bekannten Gesichter. Es freute sie, dass ihre Produkte so gut ankamen und dass sie sich langsam einen Namen machte im Ort.

„Guten Morgen Ms. Gloucester," begrüßte sie ihre erste Kundin. „Wie geht es Ihnen? Und wie geht es Ihrem Sohn? Hat er die Masern gut überstanden?"

Es waren die kleinen Aufmerksamkeiten, die für die Leute von Bedeutung waren. Manchmal nur Belangloses, das musste Fianna noch lernen. Sie war manchmal etwas unbeholfen in der Konversation mit den Menschen auf dem Land. Es fiel ihr schwer, ein Gespräch zu führen, wenn es nicht wenigstens eine Diskussion über Substanzen, bestimmte Theorien oder andere komplizierte Themen war. Ansonsten schwieg sie lieber und das kam nicht gut an. Aber durch ihr Tun hatten einige Leute Fianna näher kennen und ihre Fähigkeiten schätzen gelernt. Und das hatten sie auch weitergetragen. So wurde ihr öfter als zu Anfang offene Freundlichkeit entgegengebracht und das machte es ihr leichter, mehr aus sich heraus zu kommen. Zudem hatte sie gute Laune heute. Das Brot war ausnehmend gut gelungen und es duftete über den ganzen Platz. Ms. Gloucester hatte ein Fenchel-Anis-Brot gekauft und einige der Apfelküchlein. Ms. Shaftsboury, deren Sohn Fianna im Frühjahr ein gebrochenes Bein geschient hatte stand in der

Schlange etwas weiter hinten und winkte ihr fröhlich zu.

„Ms. Delary! Mein Sohn sagt Euch einen besonderen Gruß. Er springt wieder wie ein Ziegenbock! Wir sind so erleichtert"

„Das freut mich so sehr", rief Fianna über die Schlange hinweg und strahlte. "Ich habe gebetet, dass es wieder richtig gut wird, es war ein wirklich komplizierter Bruch!"

Fianna belastete es fast ein wenig, dass sie die Leute immer öfter in medizinischen Belangen ansprachen, denn sie fühlte sich eigentlich nicht als Ärztin. Die Heilkunde war sicher ein wichtiger Teil ihrer Profession und sie hatte es auf diesem Gebiet auch sehr weit gebracht, aber ihr Wunsch war es insgesamt ganzheitlicher zu arbeiten. Darum war Fianna auch so dankbar über den Verkaufserfolg ihrer Produkte. Krankheit war nach ihren Erkenntnissen ein Zeichen für einen Mangel, ein Signal des Körpers, besser noch des ganzen Wesens, dass etwas in dem System aus dem Gleichgewicht geraten war. Und diesem äußeren Ausdruck einer inneren „Unwucht" galt es zu begeg-nen. Der erste Schritt einer Behandlung war also ihrer Meinung nach nicht die Bekämpfung der äußeren Anzeichen der Krankheit sondern die Erforschung der tieferliegenden Schichten des

Problems bis in die Psyche und das Umfeld hinein. Das gelang nun aber nicht immer, vor allem wenn es darum ging, dem Menschen in seiner akuten Situation rasche Hilfe zukommen zu lassen. Also musste man sich einer anderen Methode bedienen.

Es war ein Trick: sie erforschte die Krankheitssymptome anhand der Art und Weise, wie Körper, Psyche und Geist betroffen waren. Das so ermittelte Tableau der Bedingtheiten fügte sie zu einem Gesamtbild zusammen. So konnte Fianna erkennen, ob zum Beispiel eine Magen-verstimmung Ausdruck einer falschen Ernährung oder eines belastenden Ereignisses oder innerer Ängste oder einer langjährigen schwelenden Trauer war. Meist war es ja auch eine Kombination verschiedener Ursachen...

Ms. McCorney wurde ungeduldig.

„Ist jetzt noch Thymianhonig da oder nicht? Ms. Delary?", erhob sie jetzt ihre Stimme.

„Oh Verzeihung!" Fianna tauchte mit einem unsanften Satz aus ihren Gedanken auf. Wupps, da war es wieder. Diese Unaufmerksamkeit gegenüber den real anstehenden Dingen.

So passierte ihr das leider immer noch und die Leute, mit denen sie zu tun hatten, reagierten verständlicherweise   irritiert   darüber. Thymianhonig.

„Selbstverständlich, Ms. McCorney. Ich habe noch mindestens fünf Gläser davon. Er ist dieses Jahr besonders würzig. Der Thymian hatte heuer die richtige Mischung aus Sonne und Regen, die Bienen sind ganz wild darauf."

„Ich auch", grinste die alte Dame nachsichtig. „Puuh, nochmal gutgegangen," dachte Fianna und fragte:

„Wie viel darf es denn sein?"

Ms. McCorney nahm zwei Gläser und ein Thymian-Salbei-Elixier.

Es wurde etwas ruhiger am Stand und Fianna ließ den Blick über den Platz schweifen. Mr. Wilborough war schon weg, er hatte seine außergewöhnlichen Äpfel wohl schnell verkauft. Sie sah Emily Gillian, die ihre herrliche Kleidung aus gefilzter und gewalkter Wolle anbot. Die Farben leuchteten in der Sonne und sie bekam Lust auf einen Hut oder eine Weste. Emily war nicht gerade ihre Freundin, aber sie zollte große Hochachtung vor ihren Woll-produkten, die sie in allen Arbeitsschritten selbst herstellte. Ihr Vater war der Schäfer der Gegend und so musste sie die Wolle nicht teuer einkaufen und die Farben lieferte ihr zum größten Teil die Natur. Nur Spezialtöne wie Indigo und Krapp kaufte sie bei ausländischen Händlern in Kingstown ein. Dort hatte sie Emily auch vor einigen Jahren kennengelernt. Auch Fianna hatte sich für die leuchtenden Pigmente aus Florenz interessiert. Sie benötigte sie zum Malen und Emily, die neben ihr stand, kannte sich mit der Lösbarkeit sehr gut aus. Sie kamen ins Gespräch. Eigentlich konnte Fianna ihr dankbar sein. Emily hatte ihr erzählt, dass sich in der Gegend von Coldawn ein Schamane aufhalten soll, der sich mit den Zusammenhängen zwischen Mondphasen und Pflanzenkräften gut auskennen würde. Den Schamanen hatte Fianna zwar damals nicht gefunden, da er schon gestorben war, aber dessen Hütte.

Wochen später war Emily in der Apotheke aufgetaucht und es hatte sich herausgestellt, dass Hal Levi mit ihr verwandt war. Sie war die Tochter seiner Schwester. Sie hatte ihrem Onkel Hal ausschweifend über Fianna´s metaphysische Forschungen berichtet, über die es unter anderem bei dem gemeinsamen Gespräch gegangen war. Und das obwohl sie Emily zu Verschwiegenheit aufgefordert hatte. Levi hatte das zum Anlass genommen, ihr noch mehr zu misstrauen und letztlich war es der Auftakt zu ihrem Zerwürfnis gewesen, das in ihrer Kündigung gipfelte.

„Nun ja, Emily hat sich verplappert", dachte Fianna beschwichtigend, „es hat nur beschleunigt, was eh´ irgendwann kommen musste. Und es ist gut, wie es gekommen ist." Sie steckte die Kasse in ihre Umhänge-tasche und ging quer über den Platz und steuerte auf einen purpurfarbenen Schlapp-hut, durchzogen mit pfirsichfarbenen Linien zu. Emily duckte sich etwas, als sie Fianna kommen sah. Aber da sie merkte, dass diese offenbar gut gelaunt war, grüßte sie freundlich. Fianna erwiderte den Gruß ohne weitere Bemerkungen und wandte sich dem Hut zu.

„Möchtest Du einen Spiegel?", versuchte Emily mit ihr in Kontakt zu kommen.

„Ja, gerne", sagte sie und nahm einen wunderschön gearbeiteten Messingspiegel aus Emilys Hand entgegen.

„Er steht Dir ausnehmend gut!"

Das fand Fianna auch und sie erstand neben dem Hut auch eine passende Weste dazu. Das Geschäft war gut gelaufen und sie durfte sich eine kleine Freude machen. Zudem wurden die Nächte schon langsam kühler und die wärmende Wolle würde ihr gerade die abendlichen Aufenthalte im Garten angenehmer machen. Emily erkundigte sich nach Fiannas neuem Leben und Fianna antwortete zurückhaltend aber nicht ohne Freude in der Stimme. Emily errötete etwas und murmelte noch mal, dass es ihr leid täte und dass sie ihren Onkel eigentlich auch nicht leiden möge und es ihr schon deswegen ziemlich peinlich wäre, was sie getan hatte. Fianna grinste schief und nickte.

„Schon in Ordnung. Mir geht es hier tausendmal besser als in meiner früheren Tätigkeit. Ich hatte Dir Dinge anvertraut, die sehr persönlich waren, und dass, obwohl wir uns gar nicht kannten. Daher wog es besonders schwer, dass Du mich bei Levi verraten hast. Eigentlich ist es das, was mich am meisten verletzt hat."

Emily senkte den Kopf. „Das war dumm von mir, ich weiß das jetzt. Ich war so beeindruckt von Deinen Gedanken und Plänen, dass ich es einfach nicht für mich behalten konnte. Ich hätte wissen müssen, dass Onkel Hal das in den falschen Hals bekommt. Ich dachte, er als Apotheker müsse sich für solche Dinge doch interessieren. Aber natürlich ist er ein erzkonservativer Pillendreher und noch dazu Vorsitzender der Alumnibande an der Universität. Da sitzen lauter alte Knacker und die regen sich über alles auf, was nicht der gängigen Lehre entspricht."

Fianna lachte, bitter und süß. Das wusste sie nur zu genau. Sie hatte sich nicht umsonst nach drei Semestern Medizin exmatrikuliert. Querdenken war der Professoren Sache nicht und so bekam sie auf ihre Fragen häufig keine oder unbefriedigende Antworten und für ihre Abhandlungen schlechte Zensuren. Dazu brachte man ihr Misstrauen entgegen und sie hatte es schwer, sich in Arbeitsgruppen zu integrieren oder Hospitationsstellen bei niedergelassenen Ärzten oder in Krankenhäusern zu bekommen. Man legte auf der einen Seite Fianna Steine in den Weg, auf der anderen Seite jedoch empfand sie den angebotenen Stoff zu einseitig und zu wenig reflektiert, so dass das Ganze für sie keinen Sinn ergab. So verließ sie die Universität und machte sich daran, ihren Weg alleine zu finden.

Emily erriet ihre Gedanken, was Fianna sehr erstaunte.

„Du hast den schwierigeren Weg gewählt, aber mit Sicherheit den besseren", die junge Frau blickte ihr in die Augen und sie sah darin Verstehen und Bewunderung zugleich. „Ich wüsste nicht, ob ich den Mut hätte, so zu handeln. Aber bei mir ist es auch alles wesentlich klarer und einfacher gewesen als bei Dir..." Sie zögerte und blickte Fianna wie nach einer Bestätigung suchend von der Seite an. Die aber schwieg, sah sie aber durchaus ermunternd an. „...denke ich.“ schloss Emily ihre Äußerungen.

Fianna hatte nicht damit gerechnet, in Emily eine fast schon Vertraute zu finden und war ehrlich baff.

„Äh.., ja.“ Sie schaute sich nach ihrem Stand um, an dem sich wieder ein paar Interessenten eingefunden hatten und trat von einem Fuß auf den anderen. „Ich muss wieder, sind Leute da“, sagte sie mit einem Blick über die Schulter. „Magst Du mal vorbeikommen die Tage? Zum Tee?“

„Gerne“, entgegnete Emily und meinte es ernst.

Gegen fünf machte Fianna Schluss. Sie hatte alles verkauft und packte ihren Stand zusammen. Als sie alles im Wagen verstaut hatte, schlenderte sie zu Seamus und Lilian hinüber, die auch dabei waren, abzubauen.

„Hi Fianna!“ Seamus lächelte und begrüßte sie herzlich. „Guten Tag gehabt?“

Auch die Beiden waren zufrieden mit dem Verkaufsergebnis und demzufolge guter Laune. Sie luden Fianna zu Lilians Eltern zum Abendessen ein und Fianna nahm an. Sie holte Gwendolyn aus dem Pensionsstall ab und sie trafen sich eine halbe Stunde später auf dem Hof der Frasers, wo sie von den Kindern stürmisch begrüßt und mit Fragen überhäuft wurden.

An diesem Abend fuhr Fianna noch zurück nach Hause. Sie war sehr müde und von den Eindrücken des Tages eingenommen. Sie überließ es Gwendolyn, den Weg zu finden und das Tempo zu bestimmen. Und da auch die Stute in gemütlicher Stimmung war, ging es gemächlich voran. Es ging ein leichter Wind und am Rauschen der Blätter an den Bäumen merkte Fianna, dass der Herbst wohl nicht mehr so weit war. Es war ein trockenes und mattes Geräusch, die Blätter waren verlebt und hatten ihre pralle Kraft verloren. Das Grün wirkte fahl und an manchen Stellen begann sich das Laub schon zu färben.

„Ich muss das Holz aufschichten", dachte Fianna in Erwartung der sicher bald kommenden kühlen Witterung. „damit es richtig trocknet." Sie hatte das Holz schon im Frühjahr geschlagen und aus dem Wald geholt, aber es lag noch immer auf einem großen Haufen hinter dem Haus. So ganz perfekt funktionierte die Selbstversorgung noch nicht. Hier und da war der Zeitplan nicht ausgereift oder fehlte schlicht die Kenntnis. Aber sie konnte dennoch nicht klagen. Es ging alles sehr gut.

Zuhause angelangt goss sie im schwindenden Licht ihren Garten und sah vor allem nach dem Fortschritt ihres Gemüses, das nun langsam zu reifen begann. Sie summte vor sich hin und dachte wieder an ihr Gespräch mit dem alten Kerry Wilborough. Die Vorstellung zum Gut Ciann Mer zu reisen, in die Nähe der Felsenstadt, war sehr verlockend. Hoffentlich kam bald Nachricht von Kerry.

Ein berittener Bote unterbrach ihre Gedanken und sie hob verwundert den Kopf, als er den Pfad zum Haus hoch galoppierte und sein Pferd mit einem Ruck zum Stehen brachte. Er schien es ganz offensichtlich eilig zu haben, und das zu so später Stunde. Ein mulmiges Gefühl stieg in ihr auf. Schnell wischte sie sich die Hände an der Gartenschürze ab und lief dem Boten entgegen.

„Fianna Delary", fragte dieser ohne Umschweife.

Fianna nickte beklommen. „Was führt Sie her?"

„Eine Nachricht Eures Vaters, Ma'am", er reichte ihr ein zusammengefaltetes und versiegeltes Pergament. „Er schickt mich und hat mir aufgetragen, Euch gleich mitzu-nehmen."

Fianna klappte der Kiefer runter und mit zitternden Händen nahm sie den Brief entgegen und erbrach das Siegel. Schnell überflog sie die

Zeilen, die eindeutig von der Hand ihres Vaters stammten.

Meine geliebte Tochter, schrieb er.
ich bitte Dich, ohne Umschweife nach Glenn Valley zu reisen, da es Deiner Mutter sehr schlecht geht und sie Deiner bedarf.
Bitte beeile Dich!
Dein besorgter Vater

Fiannas Gesicht verfinsterte sich. Der Gedanke an ihre Mutter versetzte ihr einen empfindlichen Stich. Und dieser Stich hatte nichts mit Sorge oder Angst um sie zu tun. Es war der tiefe Schmerz einer verlassenen Seele, die sich in den Jahren verkapselt und gegen die Kälte außerhalb ihres Kokons mehr schlecht als recht geschützt hatte. Es hatte ihre Mutter nie wirklich interessiert, was Fianna machte oder wie es ihr ging. Sie fragte selten nach ihr und lud sie nicht ein. In Fiannas Empfinden war Eila eine verbitterte alte Frau, die keine Freude am Leben oder an sonst irgendetwas empfand. Fianna hatte sie als Kind verehrt und zu ihr aufgesehen. Ihre Fragen und Sorgen trug sie zu ihr. Doch Eila hatte ein kühles herbes Wesen und gab ihrer Tochter nicht das Gefühl, willkommen und verstanden zu sein. Eila ließ es ihrer Tochter an

Nichts fehlen, das war es nicht. Fianna hatte alles, was sie zum gesunden Heranwachsen brauchte. Aber Eila besaß keine Wärme, sie liebte Fianna nicht. Fianna hatte viele Jahre versucht die Liebe ihrer Mutter zu gewinnen und hatte gelitten unter ihrer unerklärlichen Zurückweisung. Aber mit den Jahren wurde es eher schlimmer. Sie konnte ihr nichts mehr recht machen und Eila kritisierte ihre Tochter für alles was sie auch begann. Wenn Fianna Sorgen hatte oder Schwierigkeiten bekam in einer Angelegenheit und dies mit ihrer Mutter besprechen wollte, gab Eila Fianna die Schuld und machte ihren nach ihrer Auffassung „schlechten Charakter" Fiannas für ihre Probleme verantwortlich. Die Wirklichkeit aber war, dass Eila ihr Leben nicht bejahen konnte und dass sie nicht zu sich selber stand. Und die Verzweiflung über ihr in ihren Augen freudloses Dasein veranlasste sie dazu, einen Schuldigen finden zu müssen, jemanden dem sie die Verantwortung dafür zuschreiben konnte. Dass Fianna so anders war, dass sie das Leben liebte und es bewusst gestaltete, war Eila ein Dorn im Auge. Und wenn ihre Tochter dann in Schwierigkeiten geriet, was nicht selten vorkam, da sie so offen und unbedarft an die Dinge heranging, dann empfand das ihre Mutter – so schien es ihr - eher als Genugtuung für ihr eigenes Leiden als dass sie ihre Unterstützung anbot. Es hatte sehr lange gedauert, bis Fianna klar geworden war, wie es um ihre Mutter stand und dass der Grund für die Ablehnung der Mutter nicht darin begründet war, dass sie „irgendwie falsch" war. Fianna hatte daraufhin versucht ihr zu helfen, die Welt und sich selbst mit liebenden Augen zu sehen, doch sie erntete nur noch mehr Unverständnis und Zurückweisung und Eila ging auf Distanz zu ihrer Tochter. Seither hatte sich ihr Herz ihrer Mutter gegenüber verhärtet. Aus lauter Schutzbedürfnis und der Angst, an dieser Härte zu zerbrechen. Und nun kam ihr Vater und holte sie nach Hause, weil diese Frau sie offenbar jetzt brauchte. Jetzt, wo Fianna begann, ihr Leben in geordnete Bahnen zu bringen. Jetzt wo sie ein Haus hatte, um dass sie sich kümmern musste. Jetzt, wo ihr selbst gezogenes Gemüse heranreifte, dass sie brauchte um ihre Ernährung für den Herbst sicherzustellen.

Fianna schüttelte sich wie ein nasser Hund und blickte den Boten völlig fassungslos an.

„Das geht nicht", war der erste Satz, den sie herausbrachte.

Es klang wie ein unterdrückter Schrei. „Das geht nicht", sagte sie nochmal leiser und diesmal war es eher ein Ausdruck tiefer Resignation. Denn sie wusste in ihrem Innersten, dass sie keine Wahl haben würde, schon ihres Vaters wegen nicht. „Was soll aus meinem Garten werden, was mit meinen Tieren?"

Der Bote zuckte mit den Schultern. Sein Auftrag war lediglich, Fianna nach Glenn Valley zu ihren Eltern zu bringen und zwar auf dem schnellsten Wege.

„Reitet zurück und richtet meinem Vater aus, dass ich mich morgen auf den Weg machen werde. Ich muss mich um die Versorgung meines Anwesens kümmern. Bevor das nicht gewährleistet ist, kann ich nicht hier weg." Fiannas Stimme ließ keinen Zweifel aufkommen, dass sie nicht von einem Moment auf den anderen hier alles stehen und liegen lassen würde und mit einem Bündelchen auf dem Rücken zu dem Boten aufs Pferd stieg. Aber der ließ sich nicht beirren.

„Ich habe den Auftrag Euch zu begleiten."

Fianna wollte nicht mit dem Mann streiten und es war eigentlich auch schon zu spät um ihn zurückzuschicken. Sie vereinbarte mit ihm, dass er im Gasthaus in Coldawn Logis nehmen sollte. Sie würde sich dann gegen Mittag bei ihm einfinden und mit ihm weiterreiten.

Fianna überlegte fieberhaft, wie sie diesen Knoten lösen sollte. Seamus und Lilian waren mit ihren Kindern noch im Ort bei den Großeltern. Sie würden nicht vor morgen Abend zurückfahren, wie sie erzählt hatten. Ihre Magd und deren Sohn kümmerten sich um den Hof, solange sie weg waren. Fianna hatte kein gutes Gefühl bei dem Gedanken, dort bei Lilians Eltern aufzukreuzen und um Hilfe zu bitten. Obwohl die Beiden dass ohne zu zögern zusagen würden, daran bestand kein Zweifel. Und der Gedanke wärmte Fianna ein wenig. Aber was sollte sie sonst tun? Sie musste damit rechnen, wenigstens eine Woche fort zu sein. In der Zeit wären ihr Gemüse und ihre Kräuter verdorrt. Die Pferde würde sie mitnehmen. Das war kein Problem. Und die Ziegen würden alleine zurechtkommen. Gras war noch genug da und die Koppel durchfloss ein kleiner Bach, so dass immer genug zu Trinken da war, sofern es nicht zu lange trocken blieb. Aber das war vorerst nicht zu befürchten. Ihr fiel Mr. Wilborough ein, doch das verwarf sie gleich wieder. Das konnte sie ihm nicht zumuten in seinem Alter und seiner Verfassung. Das Gleiche galt für Elizabeth.

Nun gut. Dann musste sie eben Finbar bitten, für ein Woche herzukommen. Er würde zwar maulen, aber es ging eben nicht anders.

Fianna war zwanzig Jahre alt, als sie die Universität verließ. Sie war zutiefst unglücklich, verletzt und irritiert, dass ihr Interesse an den tieferen Zusammenhänge von Gesundheit, körperlicher und geistiger Entwicklung, Einbettung in den Gesamtzusammenhang der Natur und des Planeten auf Ignoranz, ja Ablehnung bis hin zu Ausgrenzung führte. Zuletzt war Fianna gezwungen, zu gehen. Die einzige Alter-native wäre gewesen, dass sie sich ganz den vorgegebenen Studieninhalten und den Gepflogenheiten des Hochschulalltages anpasste und ihre eigenen brennenden Fragen begrub oder zumindest streng für sich behielt. Und dazu war sie in diesem Alter zu stürmisch und zu wissbegierig. Sie hielt es schlicht nicht mehr aus und verließ die Akademie und auch die Stadt Hals über Kopf. Zunächst schlupfte sie in den Stallungen ihres Vaters unter. Sie verbrachte einige Zeit mit dem Stallmeister auf den Koppeln, reparierte Zäune, half beim Beschneiden der Hufe und betreute die Fohlen und Jährlinge. Fianna wollte eigentlich keine Züchterin oder Bereiterin werden. Aber der Umgang mit diesen tiefgründigen sensiblen Wesen war ihr Balsam und Inspiration zugleich.

Sie konnte sich auf der Welt keinen besseren Ort vorstellen, um sich zu erholen und wieder in Einklang mit sich zu kommen. Auch freute sie sich, ihren Hengst Myrddin zu besuchen. Myrddin war zwei Jahre alt, als sie ihn von ihrem Vater geschenkt bekam. Und auch Fianna war zwei. Sie verbrachten ihre gesamte Kindheit zusammen und Fianna schlief grundsätzlich bei ihm, wenn es ihr schlecht ging und sie nicht weiterwusste. Myrddin war ein schwarz-weiß gescheckter Tinker mit einem Gemüt wie ein alter Traktor. Bereits mit drei Jahren ritt Fianna auf ihm. Jetzt nutzte die Zeit, mit ihm lange Ausflüge zu machen und im Glenn Valley durch die Moorheide zu stromern oder mit Myrddin baden zu gehen. Häufig und wenn keine dringenden Arbeiten anstanden, wurde sie von Duncans Stallmeister Eric begleitet. Eric lebte auf dem Gestüt und bewohnte mit seiner Familie ein geräumiges Haus im Verband der Wirtschafts-gebäude und Stallungen. Seine Frau kochte für die Gutsbesitzer und auch zwei seiner Kinder waren im Betrieb mit beschäftigt. Eric war Duncans rechte Hand, er hatte bei ihm gelernt und arbeitete mittlerweile seit über dreißig Jahren auf dem Gut. Er und Fianna kannten sich schon, seit sie ein Teenager war. Sie verbanden wilde Ritte durch die Wälder auf der Suche nach

Hasen und Füchsen, nächtliche Lagerfeuer und erste Küsse. Doch wurde nie mehr daraus. Fianna fühlte sich in dieser Zeit mehr wie ein Junge und wollte in erster Linie ernst genommen werden und Abenteuer bestehen. Eric umwarb sie lange, gab es dann aber auf, als er Jana kennenlernte. Die beiden heirateten schnell und bekamen hintereinander drei Kinder, doch vergessen hatte Eric Fianna nicht. Als es ihr so schlecht ging nach dem Weggang aus der Universität, verbrachte er viel Zeit mit Fianna. Eric wusste, was sie jetzt brauchte und sprach sie oft an, wenn es was zu tun gab, in den Ställen, auf den Koppeln oder mit den Pferden direkt. Jana war in dieser Zeit viel zuhause. Sie stillte ihre jüngste Tochter noch, und hatte mit den Jungs jede Menge zu tun. Und da sie wusste, dass Eric manchmal noch spät im Stall gebraucht wurde, wenn ein Pferd krank war oder eine Niederkunft anstand, wunderte sie sich nicht, wenn er erst in der Nacht zurückkam. Fianna war dann meistens auch dabei. Sie half Eric mit ihren geschickten Händen und ihrem schon damals beeindruckenden Heilwissen. Einmal ging es besonders lange. Duncans Lieblingsstute fohlte und der kleine Hengst wollte und wollte nicht rauskommen. Die Stute kämpfte und Eric und Fianna kämpften mit. Als der Kleine dann endlich da war und alles seinen geordneten Gang ging, fielen sie beide vor Erschöpfung ins Heu. Eric war so vorsichtig und Fianna so offen und zart, dass es für beide in diesem Moment einfach das Richtige war. Als Fianna allerdings Wochen später feststellte, dass sie schwanger war, geriet Eric völlig in Panik und erwies sich als unfähig mit der Situation umzugehen. Er ging Fianna aus dem Weg und verwandelte sich von einem Tag auf den anderen zum fürsorglichen und häuslichen Familienvater. Das fiel sogar Duncan auf und er sprach Fianna darauf an.

„Wir haben miteinander geschlafen und jetzt bekomme ich ein Kind von Eric." sagte Fianna rundheraus und blickte ihren Vater aus katzengrünen Augen unverblümt an. Duncan fiel die Kinnlade runter und er ließ sich auf den nächstliegenden Strohballen fallen.

„Das ist nicht dein Ernst, Fianna?! Warum hast Du das getan. Ich ging immer davon aus, dass dich Eric als Mann nicht interessiert. Und was ist mit Jana? Laureen ist gerade ein Jahr alt. Es wird sie furchtbar verletzen."

Fianna nickte nur und spürte wie die Tränen in ihr aufstiegen. Sie kämpfte sie nieder und fuhr darin fort ihren Vater anzusehen, dessen Gesichtsausdruck von Entsetzen zu Sorge wechselte. Er stand auf und nahm Fianna in die Arme. Fianna japste auf und merkte nur noch, wie ihr die Knie nachgaben. Duncan hob sie hoch und brachte sie ins Haus in ihr Zimmer. Dann machte er sich gegen den verzweifelten Protest seiner Tochter auf den Weg zu Eric, der gerade einen Jährling trainierte. Er schwang sich auf den Zaun und schaute seinem Stallmeister zu, wie dieser mit sanften und liebevollen Gesten auf das junge Pferd einwirkte um Vertrauen und Führigkeit aufzubauen. Er wusste was er an Eric hatte und auch menschlich gab es nie Probleme. Er war tüchtig, loyal und in jeder Hinsicht integer. Aber nun hatte er seine Tochter geschwängert und seine eigene Familie in Schwierigkeiten gebracht. Duncan runzelte die Stirn. Er sah dunkle Wolken aufziehen, die er gerne weg- und weiterschieben wollte. Eric blickte von seiner Arbeit auf und in seinen Augen sah Duncan Angst und Sorge.

Als Fiannas Vater zwei Stunden später ins Haus kam, wirkte er müde und auch etwas angetrunken. Auf die Frage seiner Frau hin, was denn passiert sei, schüttelte er nur kurz den Kopf und stieg dann langsam die Treppe hinauf. Vor der Tür zu Fiannas Zimmer holte er tief Luft und klopfte an. Seine Tochter erwartete ihn schon und öffnete mit bangem, aber entschlossenem

Gesicht. Sie hatte bereits klargestellt, dass sie das Kind auf jeden Fall zur Welt bringen würde, egal wie Eric sich dazu stellen würde. Allerdings wussten sie und ihr Vater, dass Eila nicht mitspielen würde, sollte Fianna für die Zeit der Geburt und danach wieder zuhause einziehen wollen. Am besten war es sogar, sie würde gar nichts davon erfahren. Die Tatsache, dass der Stallmeister der Vater des Kindes seiner Tochter war, wäre eindeutig zu viel für ihr ausgeprägtes Standesbewusstsein. Und für das Verhältnis zwischen ihr und Fianna wäre es sicher kein Gewinn. Duncan setzte sich aufs Bett und Fianna reichte ihm einen Becher Tee. Er wärmte die Hände an der Keramik und suchte nach Worten.

„Eric steht zu dem Kind!" stieß er dann abrupt hervor. „Du kannst sicher nachempfinden, was in ihm vorgeht. Er hat Jana natürlich nichts gesagt."

„Natürlich!?!" Fianna schäumte.

„Was erwartest Du?" Duncan stellte den Becher ab und hob die Hände. „Du liebst Eric doch gar nicht. Willst Du es darauf ankommen lassen, dass seine Ehe zerbricht? Das Jana mit den Kindern wegzieht und er hier alleine bleibt? Jana verkraftet das nicht. Und schon gar nicht jetzt. Sie hat eine so schwere Geburt gehabt mit

Laureen und die Kleine ist so empfindlich und ständig krank. Und sie liebt Eric aufrichtig."

Fianna runzelte die Stirn, sagte aber nichts und blickte nur starr vor sich hin.

„Es ist nicht nötig, oder" Ihr Vater schaute ihr jetzt tief in die Augen.

„Was meinst Du damit?" versuchte sich Fianna auf seinen Gedankengang zu konzentrieren. „Soll mein Kind ohne einen Vater aufwachsen. Ohne dass er erfährt, wer sein Vater ist? Kannst Du das wollen?"

„Nein, das will ich nicht und das möchte auch Eric nicht. Trotzdem müssen wir jetzt alle vernünftig sein und einen Fuß vor den anderen setzen."

Duncan hatte Eric ziemlich rangenommen. Aber letztlich war die Sache nicht zu ändern und die Beiden kannten sich zu gut um sich lange bei dem Problem an sich aufzuhalten. Es ging darum eine Lösung zu finden, die für alle Beteiligten annehmbar ist. Eric panikte wegen Jana und Duncan sorgte sich um die Reaktion von Eila. Fianna musste also weg von Glenn Valley, bevor die Schwangerschaft sichtbar wurde. Bis dahin wollte man sich um Normalität bemühen und entsprechende Vorbereitungen treffen, um ihr ein neues Zuhause zu schaffen und die Unterstützung zu organisieren, die sie brauchen würde. Eric hatte die Idee geäußert, Fianna auf halbem Weg nach Kingstown in einem Bauernweiler eine Hütte zu bauen.

„Ihr spinnt doch alle beide!" Fianna hatte einen hochroten Kopf bekommen und rang die Hände. „Wollt ihr mich etwa ins Exil schicken? Oder vielleicht gleich ins Kloster? So hat man das doch früher gemacht." Ihre Augen waren blind vor Tränen und sie war völlig außer sich. Duncan nahm sie in die Arme und versuchte sie zu beruhigen. Sanft streichelte er seiner Tochter über das Haar und den Rücken.

„Beruhige Dich, Liebes! Keiner will Dich wegschicken. Wir finden einen Ort, wo Du Dich ganz zuhause und geborgen fühlen kannst. Was meinst Du? Möchtest Du vielleicht bei Tante Myriel und Onkel Kenneth wohnen und dort das Baby zur Welt bringen? Meine Schwester würde sich riesig freuen, das weiß ich und es gibt auch eine gute Hebamme im Ort. Du mochtest doch die Gegend sehr gerne. Ich spreche mit Kenneth. Vielleicht kannst Du Myrddin mitnehmen. Auf dem Nachbarhof gibt es bestimmt einen Unterstand für ihn, den wir für die Zeit mieten können. Und Weideland ist auch vorhanden. Du könntest wieder mehr mit ihm machen, das freut ihn bestimmt."

„Toll, wie Du schon alles geplant und mein Leben durchorganisiert hast!" Fianna war noch immer nicht bereit, sich versöhnlicher zu zeigen. Aber ihr Widerstand bröckelte etwas. Sie war sich durchaus bewusst, dass sie ihren Anteil an der Situation hatte. Sie war immerhin schon zwanzig und wusste was sie tat. Und bedingt durch ihr intensives Studium der Heilkunde und damit auch des menschlichen Körpers kannte sie sich mit den Vorgängen der Empfängnis ganz gut aus. Sie hatte sich einsam gefühlt und Erics Vertrautheit und Hingabe an sie tat ihr gut und sie hatte sich einfach diesem Gefühl ergeben und die Konsequenzen ausgeblendet. Und nun hatte sie die Realität eingeholt und sie musste sich damit auseinandersetzen. Ob sie wollte oder nicht.

„Was möchtest Du denn?" fragte nun ihr Vater, der versuchte durch ihre umwölkte Stirn zu seiner Tochter durchzudringen.

„Ach Papa! Ich weiß es doch auch nicht." ihre Stimme bebte und wurde weicher. „Es ist alles so neu und macht mir Angst. Und es tut so weh, dass Mama nichts erfahren darf. Ich habe doch nur eine Mutter und die sollte doch in einer solchen Situation für mich da sein und mich beraten und mich verstehen."

Duncan seufzte. Es schmerzte ihn, dass die Beiden nicht zueinanderfanden. Aber das ließ sich wohl nicht ändern.

„Kopf hoch, Kleines! Ich bin ja auch noch da. Wir kriegen das schon hin."

Fianna mochte ihre Tante Myriel sehr gerne und nachdem der ausgesandte Bote am nächsten Tag die Nachricht brachte, dass Fianna willkommen sei und man sich auf den kleinen Erdenbürger sogar freue, ließ sie sich erweichen uns sagte zu. Nun wurden in der Stille die notwendigen Vorbereitungen getroffen und Fianna und Eric schafften es sogar, miteinander zu reden. Sie trafen die Vereinbarung wie gewohnt ihre Arbeiten zu verrichten und sich bei ihren Begegnungen möglichst normal zu verhalten. Es fiel ihnen zunehmend schwer, die alte Unbefangenheit im Umgang wieder zu finden, obwohl sie ja keinen Streit gehabt hatten. Aber die Vorstellung unter diesen Umständen Eltern zu werden und so ihr Schicksal auf viele Jahre aneinander zu ketten, war für beide eine schwierige Herausforderung.

✐

Fianna ließ die Jahre revue passieren, als sie sich am frühen Morgen des nächsten Tages zu Finbar auf den Weg machte. Er wohnte nicht weit weg. Es war ein drei-Stunden-Ritt, an dessen Anschluss sie nach Coldawn weiter reiten wollte um dem Boten Nachricht zu geben. Finbar wohnte in einer kleinen Stadt nordwestlich, in einem Dreieck zwischen ihrem Wohnort und dem Marktflecken. Ihr Sohn hatte dort eine Schreinerlehre absolviert und arbeitete in einer kleinen Möbelschreinerei. Sie sahen sich nicht sehr oft, aber sie hatten ein enges und vertrauensvolles Verhältnis. Wenn Fianna ihn jetzt bat, nach ihrem Haus zu schauen, würde ihr Finbar das nicht ausschlagen, egal wie ungelegen ihm das kommen würde. Aber sie rechnete schon damit, dass er ein bisschen maulen würde. Schließlich war es Arbeit und er musste für ein paar Tage rüber kommen und sich Urlaub nehmen. Sie kam gut voran, die Wege waren trocken und die Gegend war eher ruhig. So hatte sie Zeit, ihren Gedanken nachzuhängen. Gwendolyn war gut gelaunt und außerdem kannte sie den Weg, darum brauchte Fianna sich nicht zu kümmern. Sie kraulte der Stute zärtlich in der Mähne und dachte an Glenn Valley. Sie war lange nicht dort gewesen. Vier Jahre nicht. Solange hatte sie auch Eric nicht gesehen. Die Zeit hatte vieles geglättet und auch entschärft. Jana wusste mittlerweile von der Existenz von Finbar und natürlich wusste es auch ihre Mutter.

Finbar traf sich regelmäßig mit seinem Vater, aber nicht auf dem Gut. Sie trafen sich meist zum Ausreiten im Wald oder sie verabredeten ein Angelwochenende zu zweit. Eric liebte seinen jüngsten Sohn hingebungsvoll, was Fianna mit Freude und Erleichterung erfüllte. Das war alles nicht einfach, war ein hartes Stück Arbeit gewesen. Zum Schluss war es allerdings Jana gewesen, die alle mit ihrer Stärke und ihrer Liebesfähigkeit überraschte. Sie sprach Eric eines Abends an, als er spät nach Hause kam. Fianna war gerade mit Finbar zu Besuch. Sie hatten gemeinsam einer Stute beim Fohlen geholfen und der sechsjährige Finbar hatte mit glühenden Wangen miterlebt, wie das neugeborene Pferdchen ganz nass aus der Mutter flutschte und zärtlich von ihr trocken geleckt wurde. Er half ihm beim Aufstehen und Eric beobachte überglücklich, welchen wunderbaren Zugang Finbar zu den Pferden hatte. Als er bei Jana zur Türe reinkam, war er noch ganz eingenommen von dem Erlebnis.

„Du liebst ihn sehr, nicht wahr!?" sagte seine Frau und in ihrer Stimme lag kein Vorwurf sondern vielmehr die Bereitschaft in ihrem Leben Platz zu machen für ein Wesen, dass von außen in die Familie drängte und ihr eigentlich Angst machen sollte. Doch sie stand so felsenfest zu

Eric und ihrer Familie, dass sie einfach beschloss, keiner auch noch so heftigen Störung die Chance zu geben, dieses Glück zu gefährden.

Eric starrte Jana dermaßen verdattert an, dass sie lachen musste. „Ich habe doch Augen im Kopf" sagte sie tadelnd und blickte ihm gerade in die Augen. „Außerdem hat er Deine Nase! Ich habe es immer verdrängt, diese Möglichkeit, als ihr damals so viel zusammen wart, vor sieben Jahren, als Fianna die Universität verlassen hat. Und als sie dann so plötzlich verschwand und zwei Jahre lang nicht auftauchte, bis sie dann mit dem Kind im Arm kam. Da habe ich es mir schon gedacht."

Eric war so erleichtert gewesen und vieles seiner Spannung und seiner Zurückhaltung Fianna und Finbar gegenüber fielen ab.

Fianna beschleunigte ihren Ritt etwas und versuchte, die Gedanken abzuschütteln. Denn schon drängten sich die Bilder ihrer Mutter in den Film vor ihrem inneren Auge. Sie hatte Finbar gegenüber nie ihre distanzierte Haltung aufgegeben und behandelte ihn wie einen Fremdkörper.

∉

Fianna blieb nicht lange bei ihrem Sohn. Er reagierte wie sie erwartet hatte. Sie dankte ihm für seine Hilfe und verabschiedete sich bald. Sie versprach Finbar, ihm einen Boten zu schicken, sollte sie länger als eine Woche wegbleiben. Sie übernachtete in einer Scheune und kam am nächsten Tag gegen Mittag im Glenn Valley an. Es war ein herrlicher Herbsttag und die bunten Laubwälder, durchsetzt mit ehrwürdigen alten Nadelgehölzen bereiteten ihr einen freundlichen Empfang. Fianna atmete tief ein. Glenn Valley war ein wirklich lieblicher Ort. Ein kleiner Talkessel mit einer Hand voll größerer Gehöfte, umstanden von Weideland. Ein kleiner Fluss zog sich einmal quer hindurch. Der Weg führte über eine alte Holzbrücke zu den hinteren Anwesen. Trauerweiden und Ebereschen säumten das Ufer an dieser Stelle, so dass man das Gefühl bekam, man tritt durch ein Tor in den etwas abgeschiedeneren hinteren Teil des Tales. Das Gut von Eila und Duncan begann direkt am jenseitigen Ufer und Gwendolyn wieherte aus vollem Hals als sie die Herde sah und trabte übermütig den Weg entlang durch sie hindurch. Die äußeren Weiden besaßen keine Zäune. Es bestand keine Gefahr, dass die Pferde fortliefen. Die Herde blieb zusammen und es gab keinen Grund für sie, über den Fluss zu gehen oder das Tal zu verlassen. Abgezäunt waren nur die Koppeln für die Jährlinge und die Zuchthengste.

Sie erblickte Jana mit ihrer Jüngsten auf dem Hofplatz. Sie kamen offensichtlich gerade aus dem Gemüsegarten, denn sie hatten einen großen Weidekorb mit Möhren und Kohlrabi bei sich. Ihr Verhältnis zu Jana konnte sicher nicht als entspannt bezeichnet werden, aber Fianna zollte ihr großen Respekt ob ihrer Haltung. Fianna ritt durch das Tor und stieg ab. Sie nickte Jana freundlich zu und schritt ihr langsam entgegen. Jana stellte den Korb ab und beschattete ihre Augen. Dann lächelte sie vorsichtig.

„Grüß Dich Fianna." sagte sie leise und reichte ihr die andere Hand. „Du bist also gekommen. Das ist gut!".

Janas Miene verriet, dass sie in der letzten Zeit nicht viel geschlafen hatte. Eine steile Falte durchzog ihre Stirn, die Fianna an ihr noch nicht gesehen hatte. Sie wirkte besorgt und ängstlich zugleich.

„Wie geht es ihr?" brachte Fianna müh-sam heraus. Sie kam auf Wunsch ihres Vaters, nicht mehr und nicht weniger. Aber sie wusste, dass Jana eine tiefe Freundschaft mit ihrer Mutter verband. Das machte ihre Beziehung zueinander nicht gerade einfacher. Fianna beneidete Jana dafür. Sie war mehr Tochter als sie selbst es jemals gewesen war.

„Es geht ihr nicht gut!" Janas Augen schimmerten. „Seit Tagen isst sie nichts mehr und sie ist kaum ansprechbar und befindet sich in einer Art Dämmerzustand. Wir wissen nicht wirklich was es ist. Der Medicus glaubt an eine Vergiftung."

„Eine Vergiftung?!" Fianna schüttelte den Kopf. „Kaum vorstellbar. Eila kennt sich mit allem Essbaren zweifelsfrei aus. Sie würde es auch merken, wenn eine fremde Substanz beigemischt worden wäre. Das kann ich mir wirklich nicht vorstellen."

„Du kennst dich ja auch etwas aus. Vielleicht kannst ja du ihr helfen. Wir hoffen sehr auf dich." Der letzte Satz war mehr ein flehendes Flüstern und Fianna schnitt er ins Herz wie eine heiße Klinge. In ihrem Innern überschlugen sich die Gefühle. Nicht, dass ihre Mutter ihr egal wäre. Natürlich wollte sie versuchen, ihre Krankheit zu heilen und ihr womöglich das Leben zu retten. Und der Schmerz, den sie fühlte, rührte auch nicht von den unzähligen Verletzungen her, die Eila ihrer Tochter über all die Jahre zugefügt hatte. Nein, Fianna spürte aus diesen Worten die Liebe und die Fürsorge, die nicht nur Jana für ihre Mutter empfand sondern, die auch Duncan mit seiner Frau verband. Es musste etwas geben, dass Eila liebenswert machte. Etwas, dass Erics Frau und ihr Vater an ihr erlebten, Fianna aber gänzlich verborgen blieb. Das quälte sie und machte sie wütend und verzweifelt. Als sie klein war, hatte sie ihre Mutter so sehr verehrt, aber heute empfand sie keinerlei tiefe Zuneigung mehr für sie. Eila hatte ihr so viel Schmerz zugefügt, sie so oft gedemütigt. Diese Wunden schwärten noch immer und würden wohl nicht heilen. Schon auch weil Eila sich nicht die Mühe gab, auf sie zu zu gehen oder ihr das Gefühl zu geben, eine Mutter zu haben.

Fianna schob die trüben Gedanken beiseite und nickte Jana zu. Sie wandte sich Gwendolyn zu, lockerte den Sattelgurt und nahm die Satteltaschen ab. Noch einmal kraulte sie dem Pferd liebevoll die Mähne und übergab es dann einem Stallburschen. Langsam und mit festen Schritten ging sie auf das Haupthaus zu, die Hände in das harte Leder der Taschen gekrallt.

Auf ihrem Weg zu den hinteren Koppeln traf sie auf Eric, der seinen letzten Rundgang machte. Er kam lächelnd auf sie zu und legte ihr seine großen schwieligen Hände auf die Schultern.

„Schön dich zu sehen", sagte er und er meinte es auch so.

In den letzten Jahren war Eric wieder in die alte Position des Vertrauten zurückgekehrt und Fianna freute sich aufrichtig darüber, in ihm einen Freund zu haben, jenseits seiner Rolle als Finbars Vater. Seit ihr Sohn erwachsen war, hatten die Beiden ihr Verhältnis ganz eigenständig definiert und lebten es in einer Unbefangenheit, die die schwierige Vergangenheit über Finbars Entstehung vergessen machen konnte. Das ging so weit, dass Finbar bei seinen seltenen Besuchen auf dem Gut von seinen Halb-brüdern stürmisch begrüßt und stundenlang mit Beschlag belegt wurde. Er musste mit ihnen Fischen gehen, Weideflöten schnitzen und Baumhäuser erweitern. Fianna schmunzelte bei den Gedanken und Eric meinte: „Wie schön, dich lächeln zu sehen. Ich weiß wie schwer dir dieser Gang gewesen sein muss. Eila war dir keine gute Mutter. Aber dennoch ist sie ein guter Mensch."

Fianna blitzte ihn mit ihren grünen Katzenaugen argwöhnisch an. „Seit wann brichst du die Lanze für meine Mutter?" fauchte sie. „Und was soll dieser Appell an mich? Ich bin auf die Bitte meines Vaters hier. Und ich sehe das relativ leiden-schaftslos. Eila hat eine Kolik aufgrund einer Darminfektion. Es ist ernst aber sie wird nicht sterben. Ich habe ihr zunächst einen Tee aus Johanniskraut, Kamille und Spitzwegerich eingeflößt. Jana ist bei ihr und wird sie alle Viertelstunde drehen. Später bekommt sie dann Kümmelöl. Sie ist bald wieder auf dem Damm und kann euch mit weiterer guten Taten erfreuen..."

„Du quälst dich, Fianna!" Eric deutete auf einen Baum-stamm, der an dieser Stelle die Landgrenze markierte. „Setz dich. Ich möchte mit dir reden."

Fianna verschränkte die Arme und ließ sich mit trotzigem Gesichtsausdruck aber dennoch gehorsam auf den Stamm plumpsen. „Ich höre?!"

Fianna ließ sich zu dem Thema nur ungern etwas sagen. Nicht, weil es sie nicht interessierte. Nichts wünschte sich Fianna mehr, als den Graben zwischen Eila und ihr zu überwinden. Aber sie hatte die Ermahnungen und Abwiegelungen satt, die nur deshalb ausgesprochen wurden, um einen oberflächlichen Frieden zu wahren und um das Gewissen zu beruhigen. Fianna hatte ein tolles und warmes Verhältnis zu Duncan. Aber ihr Vater stellte sich taub und blind, wenn es um ihre Schwierigkeiten und Verletzungen durch seine Frau ging. Davon wollte er nichts wissen Er wollte nur, dass alle immer lieb und nett zueinander sind. Fianna hielt ihre Mutter für kein Ungeheuer, auch sprach sie ihr nicht jegliche menschlichen Züge ab. Ja, sie gab ihr nicht einmal die Schuld für diese ganze Tragik. Aber sie wollte ernst genommen werden und erwartete, wenn sie überhaupt noch etwas in der Richtung erwartete, dass ihr familiäres Umfeld den Versuch unternahm, gegen die Macht der Mutter, Anteil zu nehmen und auch Fiannas Blickwinkel einzunehmen. Sie wunderte sich zwar, dass Eric sich jetzt in diese Geschichte einmischte, glaubte aber nicht, dass er etwas Neues dazu zu sagen hatte oder sich gar von sich aus auf ihre Seite stellen würde. Das hatte sie ja in Bezug auf die Entstehung von Finbar nur allzu schmerzlich erfahren müssen.

Eric räusperte sich und knabberte auf einem kleinen Zweig rum, den er von der Weide gezupft hatte, die dort stand und auch ein Teil der Grenze bildete. „Fianna", hob er an und baute sich breitbeinig vor ihr auf. „Deine Mutter liebt dich! Sie sprach mich an, auf ihrem Krankenbett und..."

„Mir kommen die Tränen!" Fianna drehte hektisch eine ihrer dicken roten Locken zwischen den Fingern. Was sollte das werden, dachte sie und hatte eigentlich keine Lust, sich diese Geschichte anzuhören.

„Fianna! Vergiss einen Moment dein Selbstmitleid. Du hast lange genug mit deinen Wunden herum laboriert. Eila ist ganz anders als du. Sie kann nicht aus sich heraus. Nicht so, wie du das kannst. Ihre Härte dir gegenüber ist ihr einziger Schutz! Sie fürchtet dich, weil sie um sich selber fürchtet. Deine Unbefangenheit und manchmal Naivität, wie du die Dinge angehst, ist Frevel und Sehnsucht zugleich für deine Mutter. Wenn du scheiterst, ist das für sie wie ein Trost, dass nicht alles falsch war was sie in ihrem Leben getan hat...." Eric holte Luft und Fianna starrte ihn völlig entgeistert hat.

$\varnothing$

Als Fianna an diesem Morgen aus dem Fenster sah, wusste sie: der Herbst war da. Das Licht hatte einen etwas fahlen und zugleich durchdringenden Ton und die Luft wirkte etwas müde und verträumt. Heute konnte sie sich darüber freuen und überhaupt durchlief sie ein angenehmer Schauer der Zufriedenheit. Sie war gerade noch rechtzeitig zur Ernte zurückgekehrt. Finbar war ein Schatz! Voller Liebe dachte sie jetzt an ihn. Er hatte gut drei Wochen die Stellung gehalten, sich um alles gekümmert, war mehrfach in der Woche her geritten. Und das, obwohl er die ganze Zeit über auch gearbeitet hatte. Fianna war stolz auf ihren Sohn. Er war so aufmerksam und verantwor-tungsvoll. Und er war sehr gewissenhaft in der Erfüllung seiner Pflichten. Manchmal war es ihr unheimlich, wie vernünftig er sein konnte. Aber sie brauchte sich keine Sorgen zu machen. Finbar hatte auch seine wilden Seiten und vor allem seinen eigenen Kopf. Er wusste genau, was er wollte. Finbar war auf eine sonderbare Weise perfekt und er hatte eine wesentliche Eigenschaft, die Fianna für ihr Gefühl fehlte: er konnte sich anpassen ohne sich selbst und seine Maxime zu verraten. Und dabei war er stets freundlich und zuvorkommend zu Allen. Diese Eigenschaft machte ihn unnahbar und damit auch sehr begehrenswert. Doch all das merkte er gar nicht. Er war sich selbst genug und hatte einen starken Glauben und großes Vertrauen in die Schöpfung. Allein das, so konnte Fianna sich eingestehen, war auf ihren Einfluss zurückzuführen. Ihr ganzes Streben war darauf ausgerichtet, ihm die Liebe zur Natur und zu den Menschen und das Bewusstsein einer festen Verankerung im göttlichen Plan zu vermitteln. Sie war dankbar, dass er trotz der anfänglich widrigen Umstände seiner Geburt und frühen Kindheit, der Nicht-Existenz einer klassischen Familie so behütet aufwuchs und sich angenommen fühlen konnte. Ja, und sie war wirklich immer für ihn da gewesen.

Fianna zog eine warme Wollfilzjacke an und zum ersten Mal auch ihren bunten Wollhut, den sie bei Emily auf dem Markt gekauft hatte, und begab sich in den Garten. Sie würde heute die Karotten ernten und einlagern. Die Hütte war teilweise unter-kellert und dort unten gab es einen trockenen gestampften Lehmboden. Ideale Verhältnisse für die Wintereinlagerung. Im Schuppen schnappte sie sich noch eine geflochtene Kiepe und dann stapfte sie auf ihr Möhrenfeld, das unterhalb der Pferde-koppel am Hang lag. Sie war mordsstolz auf ihre Möhren. Sie waren zuckersüß und knackig und die Ausbeute war reichlich. Sie würde den ganzen Winter über nicht nur davon leben können sondern auch gute Gewinne auf dem Markt erzielen. Dazu kamen Bohnen, Gurken, diverse Kohlsorten, Kartoffeln und Zwiebeln. Es würde der erste Winter sein, den sie ganz ohne Hilfe überleben würde. Die Jahre zuvor hatten immer Duncan und auch Ihre Tante Myriel Geld geschickt. Auch hatte ihr Duncan bei den Zäunen geholfen und Geräte für die Urbarmachung der Felder organisiert. Aber nun würde sie selber klar kommen und das gab ihr das erste Mal in ihrem Leben das Gefühl von Freiheit und einer

Geborgenheit, die sie noch bei keinem Menschen erlebt hatte, mit dem sie ihr Leben hatte verbringen wollen.

Fianna seufzte. Ja, ja, das stimmt schon alles, richtete sie die innere Rede an ihr vernünftiges Ich. Alleine klarkommen ist ein tolles Gefühl und liefert eine besondere Art der Befriedigung. Aber die Seele macht es nicht satt!

Sie stand breitbeinig über der ersten Furche ihres Möhrenackers und zog mit aller Kraft an dem grünen Büschel. Mit einem „plop" kam die leuchtende Wurzel aus dem Erdreich geschossen. „Mmhh, die sieht ja toll aus!" rief Fianna begeistert. Sie rubbelte die Erde von der Möhrenhaut, zupfte den kleinen Wurzelstengel ab und biss knackend ein großes Stück ab. Bei all der Befriedigung über das Erreichte spürte sie dennoch immer wieder und immer mehr die bohrende Einsamkeit, die ihr Leben in den letzten Jahren geprägt hatte. Fianna hatte ihre Kiepe auf den Boden gestellt und begann die geernteten Möhren hinein zu schichten. Sie gab sich Mühe, nicht in die alte Trauer zu verfallen. Und noch mehr, nicht über mögliche Konstellationen nachzudenken, die einen scheinbaren Weg heraus zeichnen könnten. Sie hatte Sean noch immer nicht vergessen und in letzter Zeit spürte sie den Schmerz wieder stärker. Eine Weile hatte sie gemeint, das Alleine sein, das für Andere da sein, sei ihr genug. Aber das stimmte nicht. Sie machte sich etwas vor. Und sie litt. Fianna kämpfte mit den Tränen. Sie schämte sich für ihre Gefühle. Noch vor wenigen Monaten war sie davon überzeugt gewesen, dass sie das Bedürfnis nach einem Menschen an ihrer Seite überwunden hatte. Dass sie in sich ruhte und in ihren Aufgaben und dem Verbunden Sein mit der Natur aufging. Und nun schien alles wieder auf zu reißen. Das Möhrenfeld schwamm vor ihren Augen und sie hatte Mühe, sich auf ihre Arbeit zu konzentrieren. Sie wollte auf jeden Fall noch heute fertig werden. Es war noch viel zu tun vor dem Wintereinbruch. Außerdem war am Wochenende wieder Markt und sie musste auch ans Geldverdienen denken. Während sie sich bemühte, einigermaßen zügig weiterzuarbeiten, kamen ihr immer wieder Erinnerungsfetzen in den Sinn. Sie spürte Seans Haut auf der ihren und roch seinen ganz speziellen Duft. Es war eine Mischung aus schwerem Moschus, frischem Holz und Bienenwachs. Diese Empfindung ließ ihr schier die Sinne schwinden.

☙

Kurz nach Mitternacht war Fianna fertig. Alle Möhren lagerten im Lehmkeller. Einen Teil hatte sie bereits für den Verkauf separiert und in Kisten sortiert. Morgen würde sie mit den Kartoffeln beginnen können. Aber nicht nur die Ernte war heute eingebracht worden. Fianna hatte auch einen wichtigen Entschluss gefasst. Am Samstag auf dem Rückweg vom Markt würde sie bei Kerry Wilborough in der Waldsiedlung vorbeifahren. Sie würde sich erkundigen, ob er schon Nachricht von Sir Galahad erhalten hatte. Wenn es irgend ging, wollte sie so bald wie möglich zu dem Gut Ciann Mer und wenn möglich auch in die Felsenstadt aufbrechen. Wenn die Ernte vollständig eingefahren war, müsste es möglich sein, für zwei Wochen das Haus sich selbst zu überlassen. Sie würde auf Gwendolyn reiten und Maxim für die Zeit zu Seamus stellen. Er und Lilian hatten bestimmt nichts dagegen. Und die Kinder würden sich riesig freuen, mit Maxim zu spielen.

Buch Zwei

Der Wind blies schon etwas scharf in diesen Tagen, als Fianna nach der Westküste hin aufbrach. Der November stand vor der Tür, die Nächte wurden kühler und das Laub hatte seine farbige Leuchtkraft verloren. Fianna hoffte inständig, dass der Schnee noch eine gute Weile auf sich warten ließe, denn durch den Schnee zu reiten, machte das Reisen doch weitaus beschwerlicher. Aber bis jetzt lief alles gut. Sie war den zweiten Tag unterwegs. Die erste Nacht hatte sie in einer auf dem Weg gelegenen Scheune verbracht. Decken und Heu hatten sie gut gewärmt und es war eine herrlich klare Luft gewesen. Sie liebte es nicht unbedingt, allein in verlassenen Gebäuden zu schlafen und sie hatte sich auch geängstigt. Aber Gwendolyn war die ganze Zeit völlig ruhig gewesen und hatte nur ab und zu sanft geschnaubt. Und auf diese Antennen war hundertprozentig Verlass. An diesem Abend würde sie jedoch versuchen, in einem Dorf zu übernachten. Das freie Gelände wich schon kultiviertem Feld- und Weideland und erste Gehöfte zeigten sich in der Ferne. Jetzt konnte sie ihren Ritt genießen und sie dachte an die vergangenen Tage vor ihrer Abreise. Sie hatte es sich nicht nehmen lassen, Elizabeth noch vorher zu besuchen. Fianna wollte wissen, ob Yuri Beth gegenüber jemals Sir Galahad erwähnt hatte und wenn ja, was sie über ihn wusste. Beth freute sich sehr, Fianna zu sehen. Sie legte ein paar Scheite in den Kamin und hieß Fianna, sich zu ihr zu setzen. Die Alte kannte die Felsenstadt und Fianna spürte einen Kloß im Hals, als sie auch von ihr den Begriff „das Alte Volk" hörte.

„Ihr erwähnt die Menschen aus Tre war Venydh. Wisst Ihr etwas über sie?" Fianna blickte Elizabeth von der Seite an und forschte in ihrem Gesicht nach verborgenen Gefühlen und Erinnerungen.

„Ich weiß nicht viel", Beth blickte aus dem Fenster über den Waldrand hinweg auf die fernen Hügel im Nordwesten.

„Yuri war natürlich dort. Nicht nur einmal. Er hat auch Sir Galahad gut gekannt!" Fianna begann innerlich zu flattern. Ein feiner Schweißfilm überzog ihre Stirne und die Gedanken überschlugen sich. Sie musste mehr erfahren. Kenneth Wilborough hatte ihr zwar einiges über Ciann Mer erzählt, auch von den Eigenheiten Sir Galahads und seinen Studien. Aber der alte Herr wusste das Meiste nur aus Erzählungen seiner verstorbenen Frau und den ganz seltenen Besuchen des Meisters in ihrem Haus.

„Er kannte ihn also..." Fianna presste die Worte durch die zusammengekniffenen Lippen. Sie hatte sich nicht getäuscht. Schon von Anfang an, seit sie in Yuris Haus gezogen war, spürte sie, dass sie dem Alten Volk ein Stückchen näher gekommen war. Yuri hatte sie also getroffen und Sir Galahad demzufolge auch und traf sie vielleicht immer noch.

„Was wisst ihr?", Fianna schämte sich, dass sie so in die Alte eindrang, aber sie war so ungeduldig und wollte nicht unvorbereitet nach Ciann Mer und zu Sir Galahad reisen. Sie zitterte, als sie das verblichene dünne Heft aus ihrer Tasche zog, das sie vor einiger Zeit in ihrem Haus gefunden hatte. Es hatte in dem Dachstübchen mit dem Westfenster gelegen. Duncan war gekommen um ihr zu helfen, einige morsche Dielen auszutauschen. Sie hatten die verrotteten Teile herausgesägt und angehoben. Und dort lag es, in einem kleinen verborgenen Fach. Es konnte kein Zufall sein, Yuri musste es dort versteckt haben. Nur wieso? Fianna konnte die in dem Heft geschriebenen Texte nicht entziffern. Es war eine fremde, ihr unbekannte Schrift. Sie reichte es Elizabeth, die eine

Augenbraue hochzog und sie völlig verdattert anstarrte.

„Wo ist das her", flüsterte sie, und nach einer Pause:

„Ich wusste nicht, dass Yuri das konnte. Aber er war manches Mal schon sehr lange fort..."

„Es lag im Haus", erwiderte Fianna und erzählte, wie sie das Heft entdeckt hatte.

„Ja Liebes", Beth blickte jetzt in sich hinein, „das ist die Schrift der Bewohner von Tre war Venydh!" Sie schlug die Seiten auf und starrte ungläubig auf die zarten, verspielten Buchstaben, die wie Noten in einer Partitur wirkten.

„Ich kenne nur ganz wenige Worte", ihre Stimme bebte. "Es geht in diesem Text offensichtlich um die Beschreibung spezieller Rituale. Auch Planeten werden hier erwähnt..."

Elizabeth klappte das Heft vorsichtig wieder zu und gab es Fianna zurück.

„Sir Galahad wird Euch weiterhelfen können. Er kennt die Sprache und auch die Schrift. Er trifft sich regelmäßig mit Vertretern der Stadt und mit dem Oberdruiden."

Fianna klappte der Kiefer runter. Beth sprach von diesen Menschen, als seien sie so etwas wie die Leute aus dem Nachbardorf. Sie straffte ihre Muskeln und richtete sich gerade auf. Sie hoffte, dass diese Reise sie vor allen Dingen zu sich selbst führen würde. Denn das, was sie bisher vom Alten Volk gehört und gelesen hatte, deckte sich auffällig oft mit gerade denjenigen ihrer Gedanken, die sie mit niemandem aus ihrem menschlichen Umfeld teilen konnte. Es waren diese Auffassungen, die sie in den Augen Anderer anders und sonderbar wirken ließen.

∅

Ihr Gefühl hatte Fianna Recht gegeben. Sie fand einen kleinen gemütlichen Gasthof in der Mitte des nächsten Ortes und beschloss, dort die Nacht zu verbringen. Die Wirtsleute waren offene und freundliche Leute. Sie kannten Ciann Mer vom Hören-Sagen und beschrieben ihr den Weg. Es war nicht mehr weit. Zwei Tagesreisen höchstens. Fianna streckte sich wohlig auf der Strohmatratze aus. Der Geruch von Met, Linsensuppe und geräuchertem Speck hing unter den Balken. Dazu mischte sich der Duft der Bienenwachskerze, die sie neben dem Bettgestell entzündet hatte. Die Gedanken liefen wie ein Film vor ihren Augen vorbei. Nicht mehr lange, und sie würde den geheimnisvollen Ort erreichen, den sie in ihrem Innern schon so lange kannte. Den in der realen Welt zu finden, sie schon nicht mehr geglaubt hatte. Würde sie dort auch Antworten auf die Fragen erhalten, die sie so schmerzlich bewegten?

Fianna dachte auch an den Traum, den sie vor vielen Jahren das erste Mal geträumt hatte, und der sich seitdem in vielen Variationen immer wieder bei ihr meldete. Sie saß auf einem Felsen im Meer. Rings um sie herum nur Wasser, Wasser, Wasser. Sie schrie vor Angst und Einsamkeit und wusste nicht, wie sie dorthin gekommen war noch wie sie den Ort wieder verlassen sollte. Dann öffnete sich die Wolkendecke über ihr und die Sonne brach durch. Sie erinnerte sich, dass es ihr keine Schwierigkeiten bereitete, direkt ins Zentrum des glühenden Balls zu schauen. Fianna fixierte das gleißende Licht und wartete, bis sich ein hellblauer Schleier darüber legte. Dann schloss sie langsam die Augen. Sie spürte, wie eine donnernde Kraft durch sie hindurch in den Felsen schoss und ein berstender Knall sprengte den Stein von der Spitze bis zur Basis. Sie blickte in den offenen Spalt und sah, wie das Wasser durch einem gewaltigen Sog dort hineinströmte, solange, bis der Grund trocken war und sie von dem Felsen herabsteigen und zurück zum Festland laufen konnte.

Nein, dachte sie nun, ich bin nicht allein.

Fianna seufzte tief. Sie fühlte sich sehr oft alleine. Sie hatte Bekannte, ja, auch ein paar wenige Freunde, wie z.B. Seamus und Lilian, ein bisschen Emily und auch Eric. Aber das waren alles keine Menschen, denen sie sich blind anvertrauen konnte. Mit ihnen sprach Fianna nicht über ihre innersten Gedanken und Bedrückungen. Mit diesen Dingen war sie eigentlich immer allein. Gebete und Rituale halfen ihr sehr, aber ihr großer Wunsch war ein Mensch an ihrer Seite, bei dem sie so sein konnte wie sie ist, ohne Masken und Versteckspiele.

Fianna erwachte früh. Das Dorf besaß eine respektable Anzahl pflichtbewusster Hähne. Und so konnte sie sich nach einem rustikalen Frühstück mit frischem Brot, einem kleinen Laib Käse und einem Becher frischer und noch warmer Milch gestärkt auf ihre vorletzte Etappe begeben. Die Wirtsleute hatten ihr den Weg nochmals genau erklärt und gaben ihr einen Beutel rotwangiger Äpfel mit auf die Reise, so dass Fianna gut gelaunt den kleinen Flecken verließ und in die sich langsam bunt färbende Landschaft ritt. Gwendolyn spürte den Elan ihrer Reiterin und trabte freudig los. Der Duft würziger Wegekräuter stieg ihr in die Nüstern, vermischt mit dem von Eicheln und Fallobst. Das schien eine leckere Gegend zu sein.

✄

Fianna erreichte Ciann Mer am darauffolgenden Tag kurz nach Sonnenuntergang. Zum Schluss hatten sie sich doch sehr beeilt und Pferd und Reiterin waren ziemlich erschöpft. Sir Galahad hatte von Ihrem Herannahen erfahren. Eine allein reisende Frau auf einem Pferd war noch immer etwas sehr Ungewöhnliches, das sich schnell herumsprach. Schneller, als Gwendolyn laufen konnte. Und so wurde sie trotz der eintretenden Dunkelheit an der Grenze des Anwesens von einer wunderlichen Person erwartet und in Empfang genommen. Fianna konnte zunächst nicht erkennen, ob es sich um eine Frau oder einen Mann handelte. Die Gestalt war sehr klein, höchstens so groß wie ein Schwert. Sie trug merkwürdig fließende Gewänder, die transparent zu sein schienen und langes schwarzes Haar. Eine Laterne leuchtete Fianna an, und nun konnte sie erkennen, dass es sich um einen jungen Mann handelte, höchstens zwanzig Jahre alt. Er sprach sie höflich an und teilte ihr mit, dass Sir Galahad ihn schicke und sie bitte, ihn zu seinem Haus zu begleiten. Fianna glitt aus dem Sattel und begrüßte den Mann, der sich ihr als Mithírth Alquán vorstellte und sich tief verbeugte. Fianna überragte die Gestalt um zwei Köpfe und so ging sie leicht in die Knie um seinen Gruß angemessen zu erwidern. Dabei dachte sie überwältigt und zugleich belustigt: mein halbes Leben rätsele ich über die Existenz des Alten Volkes und nun steht da einfach Einer. Ohne Vorwarnung... Sie nahm Gwendolyn am Zügel und schritt langsam neben Mithírth her, der zwar ob seiner Größe keine großen Schritte machte aber fast schwerelos wirkte und behände an ihrer Seite glitt. Am Hof angelangt, ließ Mithírth Gwendolyn in den Stall führen und versorgen. Fianna verabschiedete sich herzlich von ihr und dankte ihr für große Gunst, sie über diese lange Strecke getragen zu haben. Die Stute schnaubte zärtlich und stupste Fianna an die Wange. Dem jungen Mann schien zu gefallen, wie die beiden miteinander kommunizierten und in seinen Augen zeigte sich ein warmes Flackern. Fianna wusste aus den Erzählungen, dass die Menschen des Alten Volkes eine sehr enge Bindung zu ihren Tieren pflegte und auch nicht selten ihren Rat annahmen.

Während sie noch versunken war in ihren Betrachtungen, fiel ein Lichtschein auf ihre Schulter. Und als sie aufblickte sah sie in das Gesicht eines sehr alten Mannes, der sie aus dunklen wissenden Augen belustigt ansah. Sir

Galahad mochte weit über neunzig Jahre alt sein. Sein Antlitz war zerfurcht von den Stürmen eines wechselvollen Lebens und auch seine Hände sprachen von Suche, Leid und steinigen Wegen.

„Da seid Ihr also", sprach er mit einer warmen dunklen Stimme, „ich freue mich, Euch kennenzulernen! Kerry hat ausführlich von Euch berichtet. Und dass Ihr das Alte Volk treffen wollt. Nun, deshalb habe ich Euch gleich Mithírth geschickt, damit Ihr nicht zu lange warten müsst." Er schmunzelte. Kerry hatte ihm von dem Ehrgeiz berichtet, mit dem Fianna nach dem alten Wissen forschte und natürlich davon, dass sie das frühere Haus von Yuri bewohnte.

Fianna grinste schief. Wie der Alte das wohl meinte? Dieser unergründliche Blick, grünbraun wie ein Waldtümpel und ebenso undurchsichtig. Sie neigte leicht den Kopf und sagte mit bemüht fester Stimme: „Ich grüße Euch, Sir Galahad, und sage Euch Dank für die Einladung und Gastfreundschaft." Fianna hatte selbst gebrauten Honig-Met und Thymiansaft sowie duftende Kräuter-Früchtebrot als Gastgeschenke mitgebracht. Als sie die Gaben auf dem Küchentisch auspackte, ging ein zaghaftes Leuchten über Galahads Antlitz. Er ist wohl doch auch viel allein, ging es Fianna durch den Kopf, und wenn er Besuch hatte, waren es wohl zumeist Bittsteller und Ratsuchende, die ihn beehrten. Sie betrachtete den Mann, wie er sich trotz seines hohen Alters scheinbar mühelos bewegte und sich am Herd zu schaffen machte, um in dem Kessel Wasser für einen Begrüßungstrunk zu bereiten. Mithírth kam rein, er hatte sich von der guten Unterbringung ihrer Stute überzeugt und brachte Fiannas Gepäck rein.

„Kommt mit, ich zeige Euch Eure Räume", Mithírth geleitete Fianna in das Obergeschoss des stattlichen Hauses, das den Kern des Gutshofs bildete. Vom umlaufenden Balkon aus konnte sie in den Hof und zu den Stallungen und Nebengebäuden sehen. Alles war penibel gepflegt und wirkte heimelig im letzten Dämmerlicht. Sie hörte das Schnauben der Pferde und das Mahlgeräusch vieler Heu kauender Mäuler. Ein wohliger Geruch lag über dem Gehöft. Unter ihrem Fenster tuschelte das Gesinde und ein leises Lachen summte zu ihr hoch. Fianna spannte ihren Rücken und atmete seufzend aus. Diese Harmonie kam ihr fast etwas unheimlich vor. Dennoch war sie versucht, sich in sie fallen zu lassen wie ein frisch geborenes Fohlen ins Stroh neben ihrer Mutter. Sie dachte an ihr Zuhause, an ihre Eltern und das ganze Drum rum. Geborgenheit? Nein, so etwas hatte sie dort nie gespürt und auch nicht erfahren. Fianna hatte ein tolles Verhältnis zu ihrem Vater. Aber Duncan war eher scheu und spröde und konnte seine Gefühle für seine Tochter nicht zeigen. Sie wusch sich ein wenig den Reisestaub von Gesicht und Händen in der bereit gestellten Schüssel und zog sich das frische Gewand an, dass sie extra für ihre Ankunft aufgespart hatte Dann begab sie sich wieder nach unten, wo sie mit dem Duft von Kräutertee und einem kräftigen Gersteneintopf begrüßt wurde. Sie lächelte Sir Galahad so offen und dankbar an, dass er spontan die Arme ausbreitete und sie kurz mit den weiten Flügeln seines Umhangs umschloss. Wortlos führte er sie an ihren Platz nahe des Kamins.

∅

Fianna verbrachte Wochen wie im Traum. Zuerst wollte sie es sich keinesfalls eingestehen, aber sie hatte sich noch nie zuvor so wohl gefühlt an einem Ort. Sie fand in Galahad einen väterlichen Freund, der geduldig Fragen beantwortete, zuhörte oder auch einfach Mal schweigend mit ihr durch den Wald stapfte. Fianna genoss diese Atmosphäre der Gelassenheit und des Angenommen Werdens, wie man sie nur bei Menschen erlebt, die das ganze Spektrum von Erfüllung und Leid erfahren haben. Menschen, die die Talsohle berührt und erlitten und sich wieder von ihr abgestoßen und zurück ins Leben gekämpft haben. Fianna konnte nur ahnen, was da durch den alten Mann hindurch schimmerte. Aber diese warme Liebenswürdigkeit, die sie erfuhr, erkannte sie als eine Qualität, die nur Menschen innewohnt, die aus diesen Erfahrungen keine Bitterkeit und Resigna-tion entwickelt sondern deren tieferen Sinn verstanden und für ihre innere Reife genutzt hatten. So begann es in Fianna zu heilen. Wunden schlossen sich, Unverständliches und auch Unfassbares wurde transparenter und die Erinnerung daran wog nicht mehr so schwer. Sie sprach mit dem Alten über Sean und auch über ihre Mutter. Oftmals schmunzelte er dann oder schüttelte leicht den Kopf. Er schien zu verstehen, wie Fiannas Bindungsprobleme mit ihren familiären Konstellationen zusammenhingen und fragte auch schon mal genauer nach. Sir Galahad half Fianna, Liebe und Anteilnahme zu empfinden, gerade da, wo sie sich verletzt und angegriffen fühlte. Er war in der Lage, die Hintergründe für das Verhalten der ihr nahestehenden Menschen ans Licht zu bringen und sie so von dem

Vorwurf des Vorsatzes und des Mutwillens zu entlasten. Und Fianna lernte zu verzeihen.

In diesen Tagen besuchte sie auch Tre war Venydh, die Felsenstadt. Es war an einem Tag im November, Nebel waberten von der Meerseite heran und krochen gemächlich über die Felder, um Augenblicke später das Gut in eine unwirklich-milchige Blase zu verwandeln. Fianna fröstelte, nicht des Nebels wegen, im Gegenteil. Er half ihr, auch ihr Gemüt etwas zu verklären und die Furcht und Aufregung zu dämpfen, die sie empfand bei dem Gedanken daran, dass es jetzt soweit war. Jahrelang hatte sie geschwankt zwischen dem Begehren, die Menschen des „Alten Volk" kennenzulernen und dem Zweifel an ihrer grundsätzlichen Existenz. Denn bisher hatten alle, die sie kannte, sie nur belächelt, wenn sie das Thema anschnitt. Nun, dachte sie jetzt, als sie Mithírth auf den Hof reiten sah, in der Hinsicht zumindest hat mich mein Gefühl nicht betrogen.

Mithírth saß ab und blickte aus dunklen Augen zu ihr empor. Er reichte Fianna bis an die Brust und war von insgesamt sehr zierlicher Gestalt, während Fianna schlank aber doch kräftig wirkte. Der junge Mann hatte einen kleinen stämmigen Schecken mitgebracht und führte Gwendolyn am Zügel. Sie strahlte und spürte, wie die Nebelfeuchte von ihr abperlte: „Da seid Ihr ja. Und Gwen habt ihr auch gleich mitgebracht. Wie freundlich von Euch!"

Fianna küsste ihrem Pferd auf die Samtnase und bekam ein dunkles Schnauben zur Antwort. Gwendolyn rieb die Nase an ihrem Ohr. „Süße", hauchte Fianna, „jetzt geht's los! Wir sehen die Felsenstadt."

Mithírth grinste und saß wieder auf. Fianna verstaute den Proviant in der Satteltasche und schwang sich auch in den Sattel. Sie hatte sich bereits von Sir Galahad verabschiedet. Er würde nicht mitkommen, hatte Fianna aber einige Depeschen mitgegeben, die sie abgeben würde. Auch gab es zwei Empfehlungsschreiben. Eines war an die Herrin der Festung gerichtet mit der Bitte, Fianna freies Geleit durch die Stadt zu geben. Das andere war an den Verwalter der Bibliotheken und Archive gerichtet. So sollte Fianna, in Begleitung von Mithírth, die Stätten des Wissens über Tre war Venydh und das Alte Volk besuchen können. Der junge Alte hatte sich auch erboten, zu dolmetschen und die Schriften, die für Fianna wichtig waren, zu übersetzen. Denn alles war, wie schon Yuris kleine Kladde in der Sprache und Schrift des Alten Volkes verfasst. Das freute Fianna am meisten. Sie hatte bei ihrem letzten Besuch bei Elizabeth einige

Aspekte aufgeschrieben, deren Klärung ihr Aufschluss geben und helfen könnten, die Zusammenhänge zwischen dem Alten Volk und Schamanismus und Druidentum besser einzuordnen. Sir Galahad hatte ihr auch erzählt, dass Yuri während seiner Aufenthalte einige Studien betrieben hatte. Die Schriften standen in der Zentralbibliothek und Fianna wollte sie als Grundlage ihrer weiteren Recherchen verwenden.

✆

Fianna war zwölf, als sie zum ersten Mal von den "kleinen Menschen" träumte. Ihre Mutter glaubte, sie hätte infolge der vielen Fabeln, die Fianna las, Bilder von Gnomen und Zwergen in ihren Träumen verarbeitet. Aber Fianna wusste, dass es sich um Menschenwesen handelte. Und diese Wesen begleiteten sie über ihre gesamte Jugendzeit. Sie waren ihr Trost und Hülle, wenn sie sich unverstanden und einsam fühlte. Später gaben sie ihr Kraft und Inspirationen für ihre ersten Schritte außerhalb des Elternhauses. Es waren vor allem zwei Personen, die immer wieder in Fiannas Träumen auftauch-ten und ihr mit der Zeit zu wertvollen Beratern wurden. Eine Frau und ein Mann. Sie leiteten sie in Träumen oder durch Zeichen im Alltag. Und mit der Zeit empfand sie eine gewisse Sicherheit, die sie trug, in einer Welt, die eigentlich nicht die ihre war. Und dieses Bewusstsein veranlasste sie dazu, nachzuforschen, zu suchen nach Wesen oder einem Ort, der ihr vielleicht einen Weg zu dem Ursprung ihrer einstigen Traumbilder weisen könnte.

☙

Am Mittag des dritten Tages nach ihrer Abreise kehrten sie nach Ciann Mer zurück. Fianna war erschöpft und ziemlich durcheinander. Sie blickte Mithírth scheu von der Seite an. Eine heiße Woge durchflutete sie und sie wandte sich schnell ab. Der junge Alte strich ihr sanft über die flammenden Locken, zog die Hand aber schnell zurück. Fianna murmelte einen schnellen Gruß und flüchtete die Treppe hoch in ihr Zimmer. Ein Kloß steckte ihr im Hals und sie kämpfte mit den Tränen. Sie musste an Sean denken und sofort krampfte sich ihr Magen zusammen. Zugleich spürte sie ein warmes Gefühl der Freude in sich aufsteigen, das sie sogleich vergeblich versuchte runter zu kämpfen. Vor ihrem inneren Auge erschien ihr Zuhause, das kleine gemütliche Holzhaus, der bewachsene Hang mit der Koppel darüber und ihr Gemüsegarten. Sie war doch glücklich alleine, oder? Ihr Körper sprach eine ganz andere Sprache und Fianna ließ ihren Tränen nun freien Lauf. Sie wühlte sich in das Laken und weinte lautlos.

Mithírth hatte ihr in den Tagen ihres Zusammenseins so viel Wärme und Achtung entgegen gebracht. Seine Aufmerksamkeit hatte so etwas Schlichtes und zugleich Liebevolles, dass Fianna sich an seiner Seite einfach wohl und ernst genommen fühlte. Aber das war nicht alles. Oftmals trafen sich ihre Blicke und tiefschwarze Augen blickten ihr direkt ins Herz. Fianna erschauderte bei der Erinnerung und tränenverhangen schau-te sie aus dem Fenster zu den entfernten Bergen hin. Dort hinter lag die Felsenstadt und verbarg ein Geheimnis, dass sie sich nicht getraute ins Bewusstsein zu holen. Mithírth war zweifellos ein außergewöhnliches Wesen und nein, er war kein "richtiger“ Mensch, jedenfalls keiner im üblichen Sinne. Das machte die Sache nicht einfacher. Das Wunderbare war, dass sie miteinander reden konnten, sie konnten über Dinge sprechen, die tieferliegende Ebenen berührten und darin war dieser Junge vom Alten Volk einfach etwas ganz Besonderes und nicht zu vergleichen mit den Menschen, die Fianna kannte und die sie näher kennengelernt hatte. Selbst die beeindruckenden Gespräche mit Sir

Galahad oder mit Elizabeth hielten einem ernstzunehmenden Vergleich nicht stand. Und vielleicht war es das, worin sich Fianna am meisten verliebt hatte: gemeinsam in die tiefsten Tiefen zu schauen, das Innerste offenbaren zu können, ohne Angst haben zu müssen, verletzt oder als abgefahren und überheblich angesehen zu werden. Wenn Sie mit Mithírth sprach, schwang ein Selbstverständnis mit, dass sie so noch nicht erfahren hatte und dessen Erleben ihr den Verstand raubte. Und doch: bei alledem war sie sich nicht klar, ob Mithírth das Gleiche empfand, ob er überhaupt Gefühle ihr gegenüber hegte und wie sie sein Verhalten einschätzen sollte. Er wirkte immer sehr verschlossen und gab seine Gefühle nicht preis. Sie war daher völlig unsicher, ob er so empfand wie sie oder ob das einfach nur seine freundliche und umsorgende Art war, in die sie mehr interpretierte als da war. Und doch: hatte er nicht ihr Haar berührt und sie gestern leicht umarmt, als sie sich am Abend verabschiedeten? Fianna hatte Angst, große Angst, ihren Gefühlen für Mithírth zu vertrauen und ihnen nachzugeben.

Es klopfte an der Tür und Fianna schrak hoch. Sie wischte sich die Tränen vom Gesicht. Das Abendmahl war bereitet und man rief sie zu Tisch. "Ich komme sofort", versuchte sie mit fester Stimme und unbefangenem Ton zu antworten. "In Ordnung", tönte es von draußen. Schnell schlug sich Fianna eine große Portion Wasser aus der Schüssel auf ihrem Hocker ins Gesicht. Auf keinen Fall durfte jemand bemerken, dass sie geweint hatte. Sir Galahad sah sie beim Essen durchdringend an und sie wusste, dass sie vor ihm nichts würde verbergen können. Mithírth aß selten im Gutshaus. Er besaß eine kleine Kate am Waldrand, wenige hundert Meter vom Tor entfernt. Dort versorgte er sich in der Regel selbst. Nur sein Pferd wohnte zeitweilig in den Stallungen von Sir Galahad. Wenn das Wetter im Herbst und Winter zu rauh wurde, zog der kleine Hengst häufig nachts nach drinnen. Es war ein kleines, robustes Feenpferd, dem man seine edle Abstammung gar nicht so ansah. Er erstammte einer alten Feenzucht. Die Pferde wurden speziell für den Gebrauch in felsigem Gelände, in dichten Wäldern und Sumpfgebieten gezüchtet. Sie waren ungeheuer zäh und ausdauernd. Und trotz ihres kräftigen Körperbaus hatten sie feingliedrige Fesseln und einen schmalen, wachen Kopf.

Nun, Mithírth war nicht zum Essen gekommen. Und so beruhigte sich Fianna langsam wieder. Sie lauschte den Gesprächen an der Tafel und beantwortete geduldig die Fragen nach ihrer Reise in die Felsenstadt.

"Ihr habt also Zugang zu den Bibliotheken erhalten?", Sir Galahad musterte sie fragend. "Ja, habt tausend Dank!" antwortete Fianna und sah ihn aufrichtig dankbar an. Sie erzählte von den historischen Schriften, in die sie Einblick erhalten hatte. Sie hatte auch Yuris Bücher entdeckt und viel über die Heilkunst und dem Schamanismus, den das Alte Volk verfolgte, gelesen. Sie wusste nun, das Yuri nicht nur irgendein Schamane war sondern DER Schamane von Tre war Venydh. Das Alte Volk hatte ihm viel zu verdanken. Yuri hatte die Entwicklung der Stadt über viele Jahrzehnte mit geprägt. Vor allem der Aufbau des Gemeinwesens und ein für alle Bevölkerungsschichten geltendes Gesundheitssystems gingen auf seine Initiative zurück. Fianna fand auch etliche Skizzen und Anleitungen, die der Schamane für die Bewohner verfasst hatte, um ihnen seine Ideen näher zu bringen und die Umsetzung zu erläutern.

Sir Galahad nickte schmunzelnd: "Ja, Yuri war schon sehr anstrengend." Fianna runzelte die Stirn: "Wie meint Ihr das?"

"Ich war noch recht jung, als Yuri in Tre war Venydh eintraf. Sogleich begann er, alles zu analysieren, in Frage zu stellen und verändern zu wollen. Die Bewohner fühlten sich überfahren und kamen oft zu mir, um meinen Rat zu hören oder einfach, um ihrem Ärger Luft zu machen. Ich versuchte dann zu vermitteln und habe mich nicht selten mit ihm gestritten. Aber in den meisten Fällen blieb Yuri hart und zog seine Sache durch. Und im Nachhinein hat er ja auch Recht behalten. Mit der Zeit merkten die Alten, dass es Yuri gar nicht um Macht ging. Im Gegenteil: er entwickelte die Prozesse gemeinsam mit den Beteiligten und ließ sie eigene Lösungen anhand ihrer Fragestellungen und Probleme heraus-arbeiten. Das Ergebnis war dann ihr eigenes Produkt und entsprechend hoch war die Identifikation mit den neuen Strukturen."

Fianna fühlte einen starken Strom neuer Energie in sich aufsteigen. Diese Ideen waren ihr nicht neu und sie spürte plötzlich eine Verbindung zu dem Menschen, dessen Haus sie übernommen hatte.

"Ihr müsst Mithírth einmal dazu befragen", tönte nun Galahad in ihre Gedanken und ließ ihren Kopf etwas unpassend hochschnellen. "er beschäftigt sich seit vielen Jahren mit der Sozialphilosophie, die in den Lehren des alten Schamanen seinen Ursprung hat.

Fianna konnte nicht verhindern, dass sie leicht errötete und beugte schnell den Kopf über ihre Schale. Insgeheim machte ihr Herz einen Sprung: da war etwas Gemeinsames zwischen ihnen und über dieses Thema konnte sie auch einigermaßen unverfänglich mit Fragen an Mithírth herantreten, um ihn näher kennenzulernen und etwas über die Gefühle zu erfahren, die vielleicht auch ihn bewegten.

✆

Fianna befand sich auf dem Rückweg nach Hause. Schweren Herzens hatte sie sich zum Aufbruch entschlossen, aber es wurde auch wirklich höchste Zeit. Schon zeigte sich in den Flussniederungen das erste zarte Grün und die Sonne strebte auf die Tagundnachtgleiche zu. Finbar hatte ihr einen langen Brief gesandt. Der Gute! Er war noch vor dem Winter in die Hütte gezogen, nachdem er seine Stelle mit einem Freund aus Coldawn vorübergehend getauscht hatte. Nun musste er aber zurück und bat Fianna, heimzukommen.

Sie seufzte bei dem Gedanken. Aber die Notwendigkeit einer baldigen Heimkehr war nicht von der Hand zu weisen. Wenn sie ihre Ernährung und ihr Auskommen sichern wollte und wenn sie nicht alles in den Wind schreiben wollte, was sie sind in den letzten Jahren aufgebaut hatte, musste Fianna jetzt dringend zurück. Und ein bisschen, das konnte sie sich schon eingestehen, freute sie sich auch auf Zuhause. Auf ihr Häuschen, auf Maxim, ihren pechschwarzen Liebling. Ja vor allem auf Maxim! Aber Fianna freute sich auch auf ihren Garten. Und wie Finbar berichtete, bedurfte er ihrer dringend.

Die letzten Wochen hatte Fianna wie in einer anderen Welt verbracht. Sie hatte sich nicht getäuscht. Auch Mithírth hegte Fianna gegenüber zärtliche Gefühle. Wenige Tage nach ihrer Rückkehr aus der Felsenstadt traf Fianna den jungen Alten auf dem Weg in die Stallungen. Scheu blickte sie ihm grüßend entgegen, um ihren Kopf dann schnell zur Seite zu drehen. Mithírth jedoch sprach sie offen an:

"Fianna, ich möchte oben am Waldrand die Zäune inspizieren. Das Wetter hat etwas aufgemacht, das ist günstig, da haben wir im Frühjahr weniger Arbeit." Fianna lächelte und fragte sich, warum Mithírth ihr das jetzt so ausführlich berichtete.

"Habt Ihr Zeit, mich zu begleiten?", rückte er raus.

Fianna's Herz machte einen Sprung, aber sie wollte sich keine Blöße geben. "Kann ich Euch denn behilflich sein?" fragte sie vorsichtig.

Mithírth blickte sie mit seinen schwarzen Augen an.

"Es würde mir einfach Freude bereiten, wenn Ihr an meiner Seite wäret."

Fianna errötete und senkte den Kopf. "Selbstverständlich gerne", murmelte sie, und setzte hinzu: "das würde auch mich freuen!"

Es wurde ein Nachmittag wie Schmetterlingsflügel im Sonnenlicht im milchig weißen Schimmer von Tautropfen auf einer Waldlichtung. Und obwohl sie beide so verschieden waren, nicht nur in ihrer Erscheinung, sondern in ihrer ganzen Wesenheit, verspürten sie ein vertrautes Band, das ihrer beider Welten wie im Tanz einander näher zubringen im Stande war. Und in ihrer beider Nähe erfuhren sie sich als ein großes Ganzes, das alle Grenzen überwand.

Fianna seufzte noch ein weiteres Mal so tief, dass Gwendolyn besorgt ihren Schritt verlangsamte und ein kehliges Wiehern ausstieß. Fianna tätschelte ihr den Hals und beruhigte sie: "Alles ok, Süße! Du kriegst natürlich wieder alles mit. Aber mach dir keine Sorgen, ich werde das schon schaukeln. Das habe ich ja immer getan." Ihr traten die Tränen in die Augen und sie müsste an den Abschied von Mithírth denken. Er war so liebevoll zu ihr gewesen, aber auch so gefasst und fast gleichgültig. Sie würden sich sicher mindestens drei Monate nicht mehr sehen. Vorher würde es Fianna sicher nicht schaffen, wieder herzukommen. Und auch Mithírth hatte in diesen Tagen alle Hände voll zu tun und würde nicht reisen können. Und dennoch lag eine ruhige Entspanntheit in seinem Verhalten, das keine Ungeduld, keine Angst und keine Zweifel kannte.

Fianna erging es ganz anders. Schon jetzt empfand sie sein Zurückbleiben als schmerzlichen Verlust. Sie spürte die Sehnsucht und die Angst, er könnte sie vergessen oder seine Gunst einer Anderen schenken, sobald sie aus seinem Blickfeld verschwunden war. Auch ängstigte sie gerade das, was sie so an ihm bewunderte: die ruhige Abgeklärtheit, mit der er die Situation meisterte. Vielleicht, so dachte sie, ist er ja gar nicht frei, sondern hat unsere Begegnung nur als flüchtiges Abenteuer empfunden. Jetzt, wo sie fort ist, kehrt er an den "heimischen Herd" zurück.

Solcherart Gedanken quälten Fianna auf ihrem Ritt nach Hause und Gwendolyn musste sich nicht selten wieder einmal um ihre Freundin

Sorgen machen. Fianna wurde von Erinnerungen an Sean und Eric geplagt, sie konnte sich einfach nicht vorstellen, dass es jetzt anders sein sollte. Mit Erschrecken wurde ihr bewusst, wie wenig sie an sich glaubte, wenn es um menschliche Beziehungen ging. Und zugleich erstaunte es sie, wie schnell sie sich selbst und ihrer Ideale verlustig ging, sobald sie verliebt war. In den letzten Wochen vor ihrer Abreise hatte sie nur noch Augen für Mithírth gehabt. Das Verhältnis zu Sir Galahad und ihre Studien traten in den Hintergrund. Sie hatte sich sehr anstrengen müssen, die vorher so geliebten Spaziergänge mit Galahad aufrechtzuerhalten. Auch erlebte er sie oft abwesend und nicht mehr mit der geistigen Klarheit ausgestattet, wie er das bei ihr gewohnt war. Und da Mithírth die Verbindung erst mal nicht publik machen wollte, konnte sich Fianna ihm auch nicht anvertrauen.

Bei dem Gedanken bekam sie gleich wieder einen ihrer Angstschübe. Natürlich, dachte sie, wenn er es geheim halten möchte, muss ja irgendetwas dahinterstecken. Dann kann es ihm ja nicht ernst sein...

Jetzt wurde es Gwendolyn wirklich zu bunt. Schnaubend warf sie den Kopf hoch und buckelte leicht. Fianna verstand die Warnung gleich.

"Du hast ja recht", beschwichtigte sie, "ich steigere mich wieder rein. Tut mir leid!" Fianna hielt kurz an und kraulte Gwendolyn hinter den wolligen Ohren. Ein Möhrenstückchen wanderte in ihr Maul und die Stute beruhigte sich wieder.

✐

Sie hatte kurz bei Finbar Station gemacht, der schon vor ein paar Tagen in seine Wohnung zurückgekehrt und sie fröhlich mit frischem Kartoffelkuchen erwartete. Und obgleich Fianna ein schlechtes Gewissen hatte, weil sie ihren Sohn schon wieder eingespannt hatte, war Finbar guter Dinge und nahm es ihr nicht übel. Im Gegenteil, er sprühte vor Begeisterung. Kaum war sie zur Türe reingekommen, erzählte er ihr, dass er den Schreiner-meister in Coldawn zu einem besonderen Auftrag begleiten durfte. Es ging um das Chorgestühl für die kleine Kirche am Waldrand. Die Kapelle war christlich-keltischen Ursprungs und besaß eine Fülle mystischer Symbolik. Das Chorgestühl wurde komplett erneuert und der Meister hatte Finbars Talent zu Holzschnitzereien bald entdeckt. Er übertrug ihm die Erstellung der Entwürfe nach den historischen Plänen und sogar Teile der eigentlichen Schnitzereien. Das war eine Riesenchance für Finbar und so nahm er die

Pflege der mütterlichen Kate gerne in Kauf. Fianna war mächtig stolz auf ihren Sohn. Er berichtete ihr in aller Ausführlichkeit von den Arbeiten, von neuen Werkzeugen und speziellen Techniken, die er bei dem Meister gelernt hatte. Fianna nahm sich vor, direkt nach ihrer Rückkehr einen Besuch bei der Kirche abzustatten und Finbars Werke anzuschauen. Leider würde er sie nicht begleiten können, da der hiesige Arbeitgeber ihn dringend in seiner Werkstatt brauchte. Aus diesem Grunde war er auch wieder heimgekehrt. Sie saßen den Abend beisammen und Fianna erzählte ihrerseits von Ciann Mer, von Sir Galahad und von Tre war Venydh, der Felsenstadt des Alten Volkes. Finbar folgte ihrem Bericht mit großem Stauen und er spürte, dass eine deutliche Veränderung in seiner Mutter stattgefunden hatte. Auch nahm er eine Verschattung ihrer Augen wahr, die ihn irritierte. Es wirkte auf ihn wie Trauer, die er sich anhand ihrer Erzählungen aber nicht erklären konnte.

"Bei allem aber habe ich das Gefühl, Mutter, das Dich etwas bedrückt." hob Finbar an, auf seine unnachahmliche direkte Art. Woher er das nur hat, dachte Fianna, und musste gleich schmunzeln. Und verbergen kann man vor ihm auch nichts. Sie wollte eigentlich nicht von Mithírth anfangen, aber die Tatsache, dass er immerzu in ihr präsent war und sie beschäftigte, konnte diesem sensiblen Jungen nicht verborgen bleiben. Und warum sollte es auch, fragte sie sich jetzt.

"Mein Schatz, wie gut Du mich kennst", seufzte Fianna daher, "ja, es ist wahr. Da ist etwas, das mich im Innern sehr bewegt." Und so vertraute sich Fianna ihrem Sohn an und sprach von dem Mann, der ihr Leben so gründlich auf den Kopf gestellt hatte. Finbar lachte: "Das ist ja wunderbar, Mama!" rief er und umarmte sie. "Was mich nur wundert, ist, dass Du die Männer scheinbar immer noch nicht kennst. Unsere Herzen sind Mördergruben. Da lassen wir niemanden gern reinschauen. Und wenn es uns so richtig erwischt hat, ziehen wir uns erst mal zurück, weil uns unsere eigenen Gefühle erschrecken und wir ihnen nicht trauen mögen. Lass Deinen Mithírth mal ganz in Ruhe. Der kommt schon aus seinem Schneckenhaus raus. Da mach Dir mal keine Sorgen."

∅

So einfach war es dann aber auch nicht. Fianna erreichte ihr Haus Ende des Monats März. Das Haus war in einem guten Zustand. Dankbar dachte sie an ihren Sohn, auf den sie sich in jeder Hinsicht verlassen konnte. Ihr geliebter Maxim hatte einen tüchtigen Schuss getan und galoppierte ihr wie eine schwarze Gewitterwolke entgegen. Wild schnaubend kam er zum Stehen, um sich im selben Moment wie ein zartes Lämmlein an sie zu kuscheln. "Mein Großer, mein Schöner" gurrte Fianna ganz verzückt, so dass Gwendolyn, die neben ihm stand, beleidigt abzog. Fianna war überglücklich wieder zu Hause zu sein und sie stürzte sich mit Feuereifer in die Arbeit. Sie bereitete den Garten vor, buk Brot und Kuchen, sichtete die Vorräte, ging zum Markt und besuchte Nachbarn und Bekannte. Sobald sie es einrichten konnte, reiste Fianna nach Kingstown und besorgte sich diverse Kräuter und Ingredienzen. Sie hatte in der Bibliothek von Tre war Venydh nicht nur Bücher über gesellschaftliche Themen recherchiert sondern auch über ihr Lieblingsthema, die Heilkunst. Sie hatte sich stundenlang in die Schriften der Heilkundigen aus dem Alten Volk vertieft und war auf ein Wissen gestoßen, dass sie verblüfft hat. Anweisungen über Bedeutung und Anwendung von Hygiene waren dort ebenso beschrieben wie spezielle entzündungshemmende Pflanzen und Mixturen zur Behandlung von Herz-schwäche und ausufernden Wucherungen. Sie hatte vieles abgeschrieben und wollte nun versuchen, die

Medikamente selbst herzustellen. Darüber vergingen die Wochen. Schon nahte der Sommer, die Früchte des Gartens begannen zu reifen, ohne dass sie von Mithírth auch nur eine Botschaft erhalten hätte. Fiannas Leben verlief in geregelten Bahnen, sie tastete sich langsam an ihre materielle Unabhängigkeit heran und auch ihr Ruf als Heilerin begann sich auszubreiten. Das neu hinzugewonnene Wissen wurde zwar zunächst sehr argwöhnisch zur Kenntnis genommen, aber mittlerweile besaß Fianna, nicht zuletzt durch ihre Reise zu Sir Galahad, Verbündete. Das waren, allen voran Kerry Wilborough und Elizabeth. Kerry hatte sie gleich in der folgenden Woche nach ihrer Rückkehr einen Besuch abgestattet und ihr Botschaften und Geschenke mitgebracht. Sir Galahad sandte ihm einen wunderbaren neuen Mantel aus einem federleichten Wollstoff, wie er in der Felsenstadt gewebt wurde und bedankte sich überschwänglich für die Empfehlung, Fianna herzuschicken. Fianna erzählte ihm lange und ausführlich von ihren Aufenthalt in Ciann Mer und den Begegnungen mit dem Alten Volk.

"Habt Ihr gefunden, was Ihr gesucht habt", fragte sie der Alte geradeheraus.

Fianna blickte ihn überrascht an. Sie entsann sich des Gesprächs, das sie im letzten Jahr auf dem

Weg zum Markt geführt hatten und auch ihrer Gefühle während der Fahrt dorthin. Ja, damals hing für sie ihr ganzes Leben an diesem Wunsch, zu erfahren, ob es das Alte Volk wirklich gab und der Möglichkeit, diesen Wesen zu begegnen. Wie viel war seitdem passiert. Ob sie Kerry von Mithírth erzählen sollte? In ihrem Kopf schwirrte es.

"Ich weiß nicht, wie ich es beschreiben soll", begann Fianna zögernd, "als ich dort war, war alles so normal. Es waren eher die Begegnungen mit den einzelnen Menschen oder Wesen, vielleicht besser gesagt, die in mir so nachhaltige Eindrücke hinterlassen haben. Alle haben sie die gleichen Sorgen und Probleme und Aufgaben, wie hier auch und überall. So gesehen habe ich sicher Dinge erwartet, die man nirgendwo auf der Welt findet, wie zum Beispiel einen schimmernden Zauber, der den scheinbar so tristen Alltag umhüllt und alle Pflichten, Schwierigkeiten und Konflikte in freudig auf und ab schwebende Federn verwandelt...."

Kerry Wilborough prustete los und seine Augen bekamen so schöne Lachfalten, wie Fianna sie seit dem Tod seiner Frau nicht mehr gesehen hatte.

"Ihr habt gut lachen", schmunzelte Fianna, "aber so war es wirklich. Bestimmt nimmt diese

Vorstellung mit dem Alter ab, aber ein bisschen steckt das doch in jedem Menschen, oder? Aber seit ich die Felsenstadt besucht habe und das Alte Volk tatsächlich und leibhaftig kennengelernt habe, weiß ich: es ist nicht Sinn und Zweck des Lebens, einfach und gemütlich und immer kuschelig zu sein. Es ist harte Arbeit, die hier und da mit schönen Dingen und lieben Begegnungen aufgehellt werden kann. Diese Dinge sind auch wichtig und nicht zu unterschätzen, aber sie sind eben nicht Inhalt und Wesen des Tagesablaufs. Viel wichtiger erscheint mir die Erkenntnis, dass wir immer danach streben sollten, den tieferliegenden Sinn hinter den täglichen Aufgaben und Engpässen zu sehen, dass wir nicht die Fehler bei den Anderen suchen, sie nicht verantwortlich machen für unser Scheitern und alles versuchen mit den Augen der Liebe zu schauen. Unter dem Aspekt kann ich sagen: ja, ich habe in Ciann Mer und in der Felsenstadt gefunden, was ich gesucht habe, um Eure Fragen zu beantworten, Kerry."

Der alte Mann hatte plötzlich Tränen in den Augen. Er stand auf und umarmte Fianna, die sichtlich verlegen zu Boden blickte.

"Ich freue mich, dass Ihr das sagt", raunte er in ihr Haar. "Seit meine Frau gestorben ist, war ich oft verzweifelt und konnte dem Leben keinen wirklichen Sinn mehr abgewinnen. Aber nachdem ich begonnen habe, die Apfelbäume wieder zum Tragen zu bewegen, und das habe ich ja zunächst nur Anne zuliebe getan, spüre ich neue Kraft und merke, dass das Leben noch einige Aufgaben für mich bereit hält, denen ich mich stellen möchte und die mir auch Freude machen."

Buch Drei

Fianna war wieder mit der Honig-produktion beschäftigt. Dieses Jahr wollte sie neue Sorten ausprobieren und hatte gerade frisches Minzöl bereitet, mit dem sie den Wildblütenhonig aromatisieren wollte. Der Sommer war da und die Bienen hatten ganze Arbeit geleistet. Fianna sang vor sich hin und lief in der Küche auf und ab. In Gedanken war sie nebenbei noch bei Maxim, mit dem sie die ersten kleinen Trainingseinheiten absolviert und der sich mächtig angestrengt hatte. Sie liebte diesen schwarzen Bengel, mit seinem seidigen Fell und den süßen spitzen Ohren. Er war die ganze Zeit über brav hinter ihr her getrottet, ohne ein Seil oder ein Halfter, ganz konzentriert. Selbst bei den köstlichen Kleestellen oben am Hang hatte er sich nicht ablenken lassen....

"Fianna?!"

Fianna drehte sich zur Tür und ließ den Löffel mit dem Minzöl fallen. Pflichtschuldig flitzte Mithírth hinzu, hob ihn auf und legte ihn auf den Ahorntisch. Fianna stand immer noch an derselben Stelle.

"Na Du..." Er streckte die Hand aus und strich ihr die feuerrote Locke aus der Stirn. Seine

Finger tasteten sich weiter und Fianna neigte den Kopf auf seinen. Sie war wie vom Donner gerührt. Fast fünf Monate waren seit ihrer Abreise aus Ciann Mer vergangen und so lange hatte sie auch nichts von Mithírth gehört. Anfänglich mit großen Mühen und Kummer war sie in ihr Leben zurückgekehrt, dann hatte sie ihre Freude und ihren Rhythmus wiedergefunden. Und nun war er gekommen. Und sie würde ihn auch nicht wieder gehen lassen, schoss es Fianna in ihren Kopf. Aber dann besann sie sich. Vorsichtig löste sie sich aus der Umarmung und sah ihrem Feenmann fest in die schwarzen Augen.

"Wie schön, dass Du gekommen bist", sagte sie. Sie bot ihm Tee an und sie setzten sich auf die Bank vor die Tür. Mithírth begann ihr von den Dingen zu berichten, die er seit ihrem Abschied im März getan hatte. Und Fianna merkte, dass er ein eigenes Leben hatte, das in sich stimmig und rund war. Und nachdem sie im Gegenzug von ihrer Arbeit und den neuen Projekten berichtete, merkte sie erstaunt und erfreut zugleich, dass auch sie, Fianna, ein erfülltes und eigenständiges Leben führte. In den Gesprächen erlebten beide Gemeinsam-keiten, was die Heilkunst anbelangte um Beispiel und auch die Pferdehaltung. Sie merkten, dass es

Dinge gab, die sie gerne zusammen machen wollten.

Mithírth blieb eine Woche in Fiannas Haus. Fianna zeigte ihm den Garten und sie ritten auf Gwendolyn aus und verbrachten den Tag am See. Sie sprachen über gemeinsame Ideen und eine Reise nach Glenn Valley. Fianna hatte ihm viel vom Gestüt ihres Vaters erzählt und von der speziellen Methode, wie er die jungen Pferde ausbildete. Pferde waren auch Mithírths Hobby, wie Fianna beglückt feststellte. Er hatte einen ganz eigenen Zugang zu den Tieren, ganz anders als sie oder ihr Vater. Die Menschen vom Alten Volk erlebten die Pferde auf einer Stufe mit sich selbst. Die Grenzen zwischen Mensch und Tier waren was die Pferde anbelangte nicht in dem Maße vorhanden. Sie teilten auch eine Art Sprache miteinander, die nicht aus Lauten sondern aus Gesten und Blicken bestand und stark auf den persönlichen Kräften der Präsenz des einzelnen Partners beruhte. Fianna hatte das oft mit Mithírths Hengst erlebt, als sie gemeinsam in die Felsenstadt geritten waren. Obwohl sie selbst ein enges und vertrautes Verhältnis zu ihrer Stute besaß, war die Kommunikation mit Alisdair nochmal etwas ganz Anderes. Fianna war beeindruckt von der Besonnenheit und dem Pflichtgefühl, die das

Pferd besaß und wie beide auf einander eingespielt waren. Fianna war überzeugt, dass Duncan gerne mehr über diese Art der Beziehung erfahren würde. Zunächst einmal wollte Mithirth jedoch zurück nach Ciann Mer. Er wurde bei der Heuernte gebraucht. Und so musste Fianna wieder Abschied nehmen.

❧

Ich war nach langer Zeit mal wieder in Coldawn bei Lilians Eltern mit eingeladen gewesen. Die kleine Linda, das vierte Kind von Lilian und Seamus war getauft worden und das hatte die Familie in Coldawn gefeiert. Ich kam erst spät nach Hause zurück. Die freundliche Einladung der alten Leute zum Übernachten musste ich leider ausschlagen. Der Garten rief, ich musste ganz früh raus um die richtige Erntezeit für meine Arzneipflanzen zu erwischen. In Tre var Venydh hatte ich Einiges über die astrologischen Anbaugesetzmäßigkeiten erfah-ren und damit in meinem Garten schon respektable Ergebnisse erzielt. Morgen gegen sechs Uhr dreißig würde die richtige Zeit für meine ersten Opiumpflanzen sein. Ich war wirklich sehr stolz! Seit Kurzem hatte ich eine Schmerzpatientin, die mir Elizabeth geschickt hat. Ihr Sohn hatte sie behandelt und konnte ihr nicht mehr helfen. Elizabeth war seit meiner Rückkehr aus der Felsenstadt auffallend oft bei mir zu Gast. Sie war begierig zu hören, was ich erfahren und erlebt hatte und wünschte sich, etwas über die letzten Jahre von Yuri in Erfahrung zu bringen. Yuri war nicht hier in dieser Gegend gestorben. Keiner wusste so recht, was mit ihm geschehen war, als er zum letzten Mal aufbrach. Ich konnte darüber aber auch nichts herausfinden. In Ter var Venydh hatte man seit seinem Weggehen nichts mehr von ihm gehört. Und so stöberte Elizabeth in meinen Abschriften und beriet mich auch ein bisschen bei der Düngung meiner Beete. Sie hatte sich während der Jahre ihrer Enten- und Gänsezucht viel mit der Qualität von Böden beschäftigt. Ich war aber ehrlich gesagt auch aus anderen Gründen froh über die Gegenwart der alten Dame. Ich hatte Kummer. Seit nunmehr zwei Jahren führte ich mit Mithírth eine Fernbeziehung. Wir sahen uns im Mittel drei bis vier Mal im Jahr für eine Woche. Es waren immer wunderschöne Tage und jeder von uns Beiden war wirklich bemüht, dass sie auch wirklich schön waren und nicht von kleinen unbedeutenden Streitereien überschattet wurden. Mithírth machte „Urlaub" bei mir und so benahm er sich auch. Er blendete sein Leben in Ciann Mer aus und nahm sich eine Auszeit mit Liebesbeziehung. Er erzählte auch nichts aus seinem Alltag und seiner Arbeit. Er war da, er war für mich da. Nicht weniger aber auch nicht mehr. Auch interessierte er sich weitaus weniger für meine Projekte, als er anfänglich vorgab. Er war einfach nur da, ritt mit mir aus, half im Haus und im Garten. Wir haben immer eine unglaublich schöne Zeit miteinander. Seine Zärtlichkeit, wenn wir uns lieben, ist so umwerfend, so umhüllend und erregend zugleich, dass es mir den Atem nimmt. Ich fühle mich bei ihm geborgen und mit ihm zusammen wie eine große schwingende Kugel, die machtvoll ihre Bahnen zieht, durch nichts angreifbar ist und überall hingelangt wohin sie will. Ich hatte mir vorgestellt, dass wir gemeinsam etwas aufbauen, in das wir jeder unser Wissen und Können und unsere Erfahrungen einbringen. Aber Mithírth zeigt bisher wenig konkretes Interesse. Ich merke immer mehr, wie anders er doch ist, in welch einer anderen Welt er lebt und denkt und dass Manches einfach nicht kompatibel ist. Das kostet mich viel Geduld und oftmals fällt es mir furchtbar schwer, meine Bedürfnisse und Ängste einfach an die Seite zu stellen und loszulassen, um ihm wieder den Raum zu geben, den er braucht. "Fluchtwege freihalten", dieser Satz meines Vaters kommt mir dabei oft in den Sinn. Wenn ich Mithírth seine Fluchtwege freihalte, dann nimmt ihm das die Angst und macht ihn neugierig, wieder ein paar Schritte auf mich zu zugehen. Die Lehrmethoden von Duncan sind mir im Zusammenhang mit Mithírth in der Tat häufig sehr hilfreich. Auch Pferde leben in einer geheimnisvollen anderen Welt und gehorchen ganz anderen Gesetzen als wir. Sie zu kennen ist die unabdingbare Voraussetzung, um ihnen näher kommen zu können und mit ihnen zu arbeiten. Ich spüre und weiß, dass es noch ein langer Weg ist zu einem gemeinsamen Leben und dass dieses vielleicht nie so aussehen wird, wie ich mir das erhoffe. Diese Erkenntnis in der Praxis und im Alltag zu leben, ist aber ein ganz anderes Ding. Und so bin ich oftmals so niedergeschlagen, ratlos und traurig. Es belastet meine Arbeit und mein in den letzten Jahren doch so strukturiert verlaufendes Leben. Ich frage mich, ob es das wert ist und ob das Alleine sein nicht doch im Endeffekt die bessere Lebensform für mich ist. Mit der Zeit habe ich ein sehr inniges Verhältnis zu Elizabeth entwickelt. Und obwohl sie wirklich schon eine alte Frau ist, kann ich diese Verbindung als echte Freundschaft bezeichnen, die auf gegenseitigem

Respekt und echter Sympathie gegründet ist. Wir sitzen oft zusammen und reden. Und immer fühle ich mich verstanden und akzeptiert. Sie interessiert sich für meine Ideen und hat Freude daran, manche Vorhaben zu begleiten und mir zu helfen. Es ist einfach ein entspanntes Zusammensein ohne Stress und große Erwartungen. Und große Gefühle. Verdammt! Es kann doch nicht sein, dass die Liebe keinen Platz mehr hat in meinem Leben, nur weil sie anstrengend ist. Ist es denn besser, einsam und melancholisch seine Bahnen zu ziehen? Ist latente Traurigkeit eine Form der Bequemlichkeit, mit der man alt werden möchte? Nein, sicher nicht. Aber was gab es dazwischen? "Mithírth so nehmen, wie er ist", raunt es in mir.

Fianna zuckte mit den Schultern. War es nur Ungeduld oder befand sie sich einmal mehr in einer Beziehung ohne Verbindlichkeit und echte Zuneigung. Sie schüttelte entschlossen die Klauen der Angst ab, der sich ihr in die Schultern graben wollten und warf die roten Locken in den Nacken. "Ich setze einfach einen Fuß vor den anderen" sagte sie laut zu sich selbst, "dann wird mir der richtige Weg schon offenbart werden. Und auch wenn ich damit alleine sein sollte, bin ich dennoch nicht allein."

Über die Autorin

Petra Roloff lebt und arbeitet in Berlin. In ihrer Funktion als freie Personalberaterin und Mediatorin begleitet sie Menschen in der Beruf(ung)s-findung, vor allem in schwierigen Orientierungsphasen. Sie mediiert bei Konflikten am Arbeitsplatz und in der Familie. Die Autorin leitet die Geschäftsstelle einer wissenschaftlichen Gesellschaft. In ihrer Freizeit betreibt sie einen kleinen Pferdehof. Sie reitet und trainiert ihre Pferde im Sinne eines gewaltfreien und kooperativen Miteinanders.